克雷洛夫寓言

[俄]克雷洛夫 著　爱德少儿编委会 编译

爱德少儿编委会

主　编：童　丹
副主编：陈慧颖
编　委：安　心　董　悦　方舒梦　郭怡杉
　　　　雷蕴涵　李　恒　李可宜　刘国华
　　　　任仕之　桑一诺　沈　晨　向志楠
　　　　许　超　杨　丹　张重庆

浙江古籍出版社

图书在版编目（CIP）数据

克雷洛夫寓言/（俄罗斯）克雷洛夫著；爱德少儿编委会编译. —杭州：浙江古籍出版社，2022.11（2024.5 重印）
（青少版经典名著书库）
ISBN 978-7-5540-2321-1

Ⅰ. ①克… Ⅱ. ①克… ②爱… Ⅲ. ①寓言—作品集—俄罗斯—近代 Ⅳ. ①I512.74

中国版本图书馆 CIP 数据核字（2022）第 129046 号

克雷洛夫寓言

［俄］克雷洛夫　著　　爱德少儿编委会　编译

出版发行	浙江古籍出版社
	（杭州体育场路 347 号　电话：0571-85068292）
网　　址	https://zjgj.zjcbcm.com
责任编辑	张　莹
责任校对	安梦玥
装帧设计	爱德少儿
责任印务	楼浩凯
照　　排	湖北省爱德森森文化传播有限公司
印　　刷	河南华彩实业有限公司
开　　本	695mm × 980mm　1/16
印　　张	15
字　　数	220 千字
版　　次	2022 年 11 月第 1 版
印　　次	2024 年 5 月第 4 次印刷
书　　号	ISBN 978-7-5540-2321-1
定　　价	28.00 元

如发现印装质量问题，影响阅读，请与印刷厂联系调换。

前 言

克雷洛夫(1769—1844),俄罗斯作家。他出身于贫穷的步兵上尉家庭,在读书期间学会了意大利语、小提琴和绘画。

1809年,克雷洛夫出版了第一本寓言集,受到文学界和公众的热烈欢迎。克雷洛夫十分勤奋,一生写了203篇寓言。50岁时,他学会古希腊文,53岁又开始学英文。他的作品生前就被译成10多种文字,成为与伊索、拉封丹齐名的寓言作家。

《克雷洛夫寓言》是世界经典寓言之一,收录精品寓言100余篇,题材广泛,风格多样。寓言采用诗歌形式,幽默诙谐,蕴含了丰富而深刻的人生哲理。

克雷洛夫的寓言大多是针对当时的社会状况:或是讽刺沙皇的统治;或是批判剥削制度;或是揭露社会丑恶现象。但是这一切的现实性都包含在强烈的艺术性之中。他用诗体结构写寓言,用喜剧式的情节讲故事,使他的寓言不仅有自己独特的形式,还有紧凑生动的故事情节,具有很强的可读性。

克雷洛夫在《狼和小羊》这篇寓言中揭露了"对强权者来说,弱者永远有错"的强盗逻辑。寓言中狼正是强权者的形象,它想方设法地找出小羊的各种"错误",也不听小羊的解释。狼与小羊的对话虽然通俗简单,却将狼的强词夺理和狰狞面目显露无遗,它是"强权战胜一切"的代表。寓言中还有一类是伪善者的代表,如《狐狸和土拨鼠》中的狐狸——它是伪善狡诈、愚蠢无知等恶劣品质的象征。这类作品批判当时社会现实,具有强烈的讽刺意义。

克雷洛夫不仅批判统治阶级的专制,也借寓言记录重大的历史事件,并表达自己的看法。在这些寓言中,就有不少是关于卫国战争的,如《分利钱》等。

克雷洛夫的寓言还具有极强的人民性,这是通过对劳动人民的赞扬和批判表达出来的——既赞扬了劳动人民的朴实、善良等优秀品质,又批判了人类的劣根性,如《蜜蜂和苍蝇》。

克雷洛夫的寓言表现出的强烈现实主义风格,对俄国文学的走向产生了重要的影响。俄国现代文学的奠基人普希金对他推崇备至,赞扬他是"最有人民性的诗人"。克雷洛夫令18世纪末才出现在俄国的现实主义手法向前跨越了一大步,对俄国文学在19世纪崛起于世界文坛起到了引路人的作用。

目录
CONTENTS

乌鸦和狐狸 …………… 1
小匣子 ………………… 3
狼和小羊 ……………… 6
鹰和鸡 ………………… 9
兽类的瘟疫 …………… 11
狗的友谊 ……………… 16
狐狸和土拨鼠 ………… 20
路人和狗 ……………… 22
蜻蜓和蚂蚁 …………… 24
撒谎者 ………………… 26
兔子打猎 ……………… 30
梭鱼和猫 ……………… 32
狼和杜鹃 ……………… 35
大象当政 ……………… 38
主人和老鼠 …………… 41
老狼和小狼 …………… 44
猴子干活 ……………… 47
袋子 …………………… 49
猫和厨师 ……………… 52
狮子和蚊子 …………… 55
菜农和学问家 ………… 58
农夫和狐狸 …………… 62

一位老人和三个年轻人 …… 65
小树 …………………… 68
鹅 ……………………… 71
猪 ……………………… 74
鹰和鼹鼠 ……………… 76
四重奏 ………………… 79
树叶和树根 …………… 82
风筝 …………………… 85
天鹅、梭鱼和大虾 …… 87
特利施卡的外套 ……… 89
隐士和熊 ……………… 91
马儿和骑手 …………… 95
杰米扬的鱼汤 ………… 98
蚊子和牧人 …………… 101
命运女神和乞丐 ……… 103
青蛙和宙斯 …………… 107
狐狸建筑师 …………… 109
布谷鸟和斑鸠 ………… 111
猎人 …………………… 113
蜜蜂和苍蝇 …………… 116
网中的熊 ……………… 118
狐狸和葡萄 …………… 120

勤劳的熊	122	狮子和狼	174
夜莺	124	蜘蛛和风湿病	176
两只狗	126	诬陷	180
猫和夜莺	129	阿尔喀得斯	183
跳舞的鱼	132	蚂蚁	185
帕尔纳斯山	134	麦穗	188
驴子	137	作家和强盗	191
两只鸽子	140	磨坊主	195
老鼠会议	145	纨绔子弟和燕子	198
狮子和雪豹	147	石斑鱼	200
分利钱	150	蜘蛛和蜜蜂	204
驴子和夜莺	152	狐狸和驴子	206
倒霉的农夫	154	苍蝇和蜜蜂	208
苍蝇和路人	156	铁锅和瓦罐	210
狼和狐狸	159	野山羊	212
机械师	161	农夫和羊	214
花	163	猫和椋鸟	216
农夫和蛇	165	杂毛羊	218
农夫和强盗	167	驴子和它的铃铛	221
狮子捕猎	169	《克雷洛夫寓言》读后感	223
好心的狐狸	171	参考答案	225

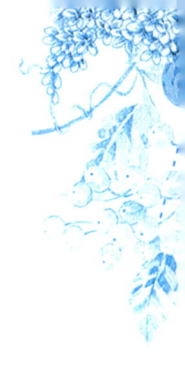

乌鸦和狐狸

M 名师导读

聪明的人很快就能识破骗子的诡计,而愚笨的人喜欢听骗子的恭维。就如本文中的乌鸦,它听到狐狸的赞美,心花怒放,得意忘形,刚要显摆才能,自己的奶酪就掉到了狐狸的嘴里。

前辈们已经三番五次警告过,
阿谀奉承是卑鄙的、别有用心的。
但说了也是白说,
因为谄媚的人在人们心里总拥有一席之地。【名师点睛:用富有哲理的话开头,引出下文,开篇凝练,有内涵。】

有一只乌鸦,不知道从哪儿得到了一块奶酪。
它躲到一棵枞树上,准备用美味将肚子填饱。
可倒霉得很,有一只狐狸从旁边经过,
奶酪的香味令狐狸停住了脚。
狐狸舔舔嘴唇,眼珠子一转,计上心来。
它踮起脚尖走到枞树下,
摇晃着尾巴,眼盯着乌鸦。【写作借鉴:这里使用"舔、转、踮、摇晃、盯"这一系列动词,生动刻画了狐狸诡计多端的形象。】
它轻声细语,声音甜蜜地对乌鸦说:

1

克雷洛夫寓言

"亲爱的朋友，你长得真漂亮！

多么美丽的脖颈！多么俊俏的眼睛！

多么顺滑的羽毛！多么灵巧的小嘴！

简直和天仙一样！

你的歌喉也一定像天仙的一样婉转动听。

唱吧，亲爱的乌鸦，别害臊，

你长得这样美丽，如果又是唱歌的能手，

一定会成为鸟中之王。"

<u>乌鸦被夸得晕头转向，得意扬扬，</u>

于是，张开喉咙哑哑地大声地喊叫。【名师点睛：说明这是一只头脑简单的乌鸦。】

奶酪落到地上，狐狸叼起它溜走了。

Z 知识考点

1.填空题。

狐狸称赞乌鸦的脖颈多么_____，眼睛多么_____，羽毛多么_____，嘴巴多么_____，歌喉像天仙的一样_____。

2.判断题。

（1）乌鸦没有理睬狐狸的阿谀奉承，独自飞走了。（   ）

（2）奶酪是乌鸦一不小心掉落下去的。（   ）

3.问答题。

狐狸为什么要假惺惺地夸赞乌鸦？

_____

_____

小匣子

名师导读

有些时候，我们可能把问题想得太过复杂了，实际上并没有那么困难。就如本文中的小匣子一样，它的设计很简单，而机械师却始终没能将它打开。是什么原因令一个懂机械的行家对一个平平无奇的小匣子束手无策呢？

我们常常会遇到这种情形：
总以为要花费很多精力，
凭借大智慧才能做成的事，
真正做起来其实很简单，
只要稍微动下脑子就行。

有人不知从哪儿弄来一个小匣子，
它做得精美玲珑，
人人都赞赏不已。
一个懂机械的行家恰好经过这里，
他看到匣子后说："这匣子里有机关，
你们看，它没有锁。
我有把握打开它。
请大家不要背地里笑我！

3

克雷洛夫寓言

我一定能找到机关把匣子打开,

对于机械方面的知识我还是懂一点的。

一会儿就能打开,让你们见识见识。"【写作借鉴:语言描写,仅仅看了一眼便笃定匣子里面有机关,并自作主张尝试打开匣子,体现出机械师的骄傲自满和自以为是。】

他马上行动起来:

不断地转动匣子四面查看,

<u>绞尽脑汁</u>[形容费尽脑力,尽心思考]来钻研。

一会儿摁一下钉子,一会儿拽一下把手。

<u>有人开始摇头,</u>

<u>有人交头接耳,</u>

<u>有人相视一笑。</u>【写作借鉴:侧面描写,借他人的反应体现出众人对机械师的质疑,从侧面表现了机械师的尴尬处境,与上文机械师的自信形成鲜明对比。】

"不是这儿!"

"这样不对!"

"那样不行!"

各种声音传入机械师的耳朵,

让他心慌意乱,手足无措。

他出了一身的汗,

只得扔下手中的匣子。

他怎么也没想到,

打开的方法很简单,一掀就开。

Z 知识考点

1.填空题。

机械师一会儿_____,一会儿_____,结果匣子还是没有打开,其实,打开的方法很简单,一掀就开。

2.判断题。

(1)这个匣子没有锁,但是有机关。　　　　　　(　)

(2)机械师经过一番摸索,还是没能打开匣子。　(　)

3.问答题。

机械师有怎样的性格特点?

_____

_____

阅读与思考

1.机械师为什么打不开小匣子?

2.如果你也在场,你想对机械师说些什么?

克雷洛夫寓言

狼和小羊

M 名师导读

欲加之罪,何患无辞?存心想干坏事的人是很容易找到借口的。我们在面对子虚乌有的罪名时,同坏人讲道理是行不通的,只有勇敢面对、拿起法律的武器,才能保护自己。

强者想要给弱者施加罪名,总是轻而易举,
这样的例子历史上并不鲜见。
但我们不是要讲述历史,
而是要讲一个寓言故事。

天气酷热,一只小羊口渴了,
来到溪边喝水。
不幸的是,
它遇到一头在附近寻找猎物的狼。
狼看见小羊,想要吃掉它,
但转念一想,总得找个合适的理由才行。
狼大声喝道:"你这蛮横的小羊,
怎敢用你的脏嘴,
把我的饮水搅浑,
使它充满泥沙?

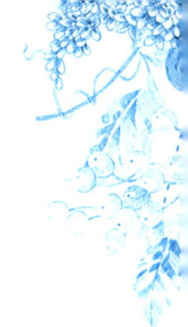

你如此胆大,

我就该马上宰了你!"

"圣明的狼殿下,容许我来呈报:

我在河流下方,距您有百步之遥,

怎会把您的饮水弄脏?

请您不要生气。"【写作借鉴:语言描写,通过狼和小羊的态度对比,表现出狼的蛮横无理和小羊的彬彬有礼。狼想为自己吃小羊营造冠冕堂皇的借口,而小羊则希望狼能放过自己。】

"你这下贱的东西,

竟敢粗暴无礼!

我还记得去年夏天,

你也是在这儿对我恶语相向!"

"怎么可能是我,我在一年前还没有出生呢。"

"不是你,就是你的哥哥。"

"我没有兄长。"

"那一定是你的亲戚或家人,

反正,都是你们一家。

你们自己,你们的猎犬和牧人,

都想来伤害我,

为了弥补他们的罪恶,我要和你算账。"【名师点睛:通过狼和小羊的一系列对话,描绘出狼急于找到吃掉小羊的借口,致力于把自己包装成受害者的丑恶嘴脸,体现出狼的虚伪和狡猾。】

"啊,我有什么罪?"

"闭嘴!我没有兴趣听你讲,

也没空儿和你细细讨论,小东西!

你的罪过就是你的肉太香。"

狼说完,就把小羊拖进了茂密的森林中。【名师点睛:通过小羊

▶ 克雷洛夫寓言

的结局我们可以知道,坏人总是会找各种借口来犯罪,我们应该用我们的智慧去和坏人做斗争。】

Z 知识考点

1.填空题。

饿狼的态度是_____的,小羊的态度是_____的。

2.判断题。

(1)因为小羊搅浑了狼的饮水,所以狼动怒了。　　　(　　)

(2)小羊一直如实地回答着狼的问话,想以诚实感动狼。　(　　)

3.问答题。

狼为什么一直要诬蔑小羊?

_____

_____

Y 阅读与思考

1.小羊是如何回答狼的每一个问题的?

2.读完这个故事,你受到怎样的启发?

鹰和鸡

M 名师导读

在生活中,我们不仅要看到自己的长处,也要懂得欣赏别人的长处,既不能妄自菲薄,也不要盲目自大。这才是正确的生活态度。

为了能尽情欣赏晴日的风光,
一只鹰飞到了那闪电生成的地方,
在那里盘桓翱翔。
然后从高高的云端,
落向一座谷仓。【写作借鉴:通过动作描写与环境描写,表现出鹰的悠闲与自由。】

虽然在这个地方休息不太符合鸟中之王的身份,
但鹰总有一点古怪的脾气。
它可能是故意,
也可能附近恰好没有配得上它身份的栖息之地:
既没有橡树,也没有岩壁。
过了一会儿,它又飞到了另一座晒谷房上。
孵蛋的母鸡看到这一切,
对身旁的同伴说:"亲爱的邻居,
我们不要因为鹰飞得高而羡慕它们。

克雷洛夫寓言

说实话，只要我愿意，

也能在晒谷房上飞来飞去。

我们别再低三下四，

认为鹰比我们更尊贵。

它们并不比我们多一只眼睛或一条腿。

况且瞧，它们飞得快要亲吻地面了，

跟我们母鸡没啥两样。"【名师点睛:运用反语，体现出母鸡的盲目自大，表现出母鸡对鹰既羡慕又忌妒的心理。】

鹰对鸡的胡言乱语听得实在不耐烦，

它只好回答说:

"你说得不错，但不完全对。

鹰有时比鸡飞得还低，

但是鸡永远也飞不高！"【写作借鉴:通过对鹰的语言描写，表现出优秀者和平庸者的差异所在，既点明中心，又收束全文。】

知识考点

1.填空题。

母鸡对它的同伴说,不要因为老鹰飞得高而_____,也不要对它们_____。

2.判断题。

(1)鹰从高高的云端落在了一座谷仓上。（　　）

(2)鹰有时飞得比鸡还低,但是鸡永远飞不上天。（　　）

3.问答题。

母鸡的话,表达了母鸡怎样的情感?

_____

_____

兽类的瘟疫

> **M 名师导读**
>
> 生活中常会出现这样奇怪的现象:有些人明明作恶多端,可因为他们阿谀奉承,善于诡辩,就能享有无限的荣光。而那些在生活中老老实实做事、谨守本分的人,却往往成为牺牲者。

瘟疫,上天最恐怖的惩罚,
大自然可怕的暴行,
正在森林里肆虐,
百兽惊恐不安。
地狱的大门完全被打开,
死神沿着田野、壕沟和高山横行,
对于百兽,铁石心肠的死神,
像对待干草一样,收割不停,
到处是牺牲者的尸体。
而那些侥幸活下来的,
看到死亡近在眼前,
只能勉强出来散散步,
恐惧把它们彻底改变。
狼不再欺负羊,温顺得像个和尚;
狐狸也不再伤害鸡,在洞穴里实行斋戒,【写作借鉴:运用比喻

▶ 克雷洛夫寓言

的修辞手法，通过写凶猛的狼和狡猾的狐狸的变化，从侧面表现了瘟疫对动物们的伤害之深。］

它们实在没有心思大吃大嚼。
雄鸽和雌鸽已经分开居住，
爱情已不复存在，还会有什么欢乐？
在这危急关头，狮子大王召开了会议。
动物们蹒跚而来，在狮子大王身边聚集，
它们蹲下来，一声不吭地听着。
"朋友们，"兽中之王说道，
"我们犯下的罪孽让上天大发雷霆！
那么，我们中间谁是十恶不赦的，
谁就主动献身，去做天神的祭品吧。
朋友们，想必大家都很清楚，
献身者牺牲自己后，我们就赢得了上天的欢心。
这种例子并不少见。
因此，请大家在这里忏悔吧！
大声说出自己的罪孽，不论是心里想的，还是行为上的。
亲爱的朋友们，请吐露出来吧，尽情忏悔吧！
提起这事我也有罪。
可怜的小羊，它们虽然是无辜的，
可我仍把它们撕碎。
有时我还吞吃牧羊人。
我愿意牺牲自己，成全大家。
但是，最好还是从长计议，
你们都把自己的罪过详细列举，
谁的罪过更大，就拿它做祭品，
也许能使上天更满意。"

"啊，我们的大王，善良的大王！"狐狸说，
"因为你太过善良，所以把这些当作罪恶。
假如我们事事听从良心，
那我们最后都得饿死；
而且，我们的大王！
你要相信，你肯赏脸吃羊，
这对它们来说是极大的荣光！
至于牧羊人，我们大家向你恳求：
应该这样教训他们，那是他们自作自受。
这些没有尾巴的人类实在过于傲慢，
到处宣称他们才是我们的大王。"【写作借鉴：语言描写，表现出狐狸对狮子的阿谀奉承，它用尽全身的力气迎合狮子，以使自己能够逃避祸端。】

狐狸的话刚刚说完，一群溜须拍马的家伙，
就向狮子唱起同样的赞歌，
它们争先恐后地出来证明：
狮子甚至无罪可言。
于是熊、老虎和狼都跟在狮子后面，
挨个儿当众承认一些小错误；
但对于它们罪大恶极的行为只字不提。
所有爪子锋利的、
牙齿尖尖的野兽全部逃脱了审判，
它们不仅没有错，简直个个都是圣贤。
轮到驯良温顺的犍牛，它哞哞地叫道：
"我也是有罪的。五年以前，
在草料缺乏的那个冬天，

13

▶ 克雷洛夫寓言

"魔鬼曾促使我去犯罪：
我从谁那里也借不到一点草料，
就从牧师的草垛上扯下了一束干草。"
话音未落，咆哮声四起；
喊叫的正是熊、老虎和狼：
"快看，罪大恶极！
竟偷吃别人的干草！
神明因为它的不法行为，
对我们施以如此严厉的惩罚，
这难道奇怪吗？
头上长角的暴徒，
应该把它敬献给天神，
为了我们的身体能得救，
也为了整饬(chì)[使有条理；整顿]我们坏的风气！
就是因为它的罪恶，
我们才遭受这样的瘟疫！"
于是它们做出判决：
把犍牛推进火堆。【写作借鉴：运用了对比。那些拥护狮子大王、阿谀奉承的动物一个个变成了无罪的圣贤，而只犯了小错的犍牛却变成牺牲品。通过众野兽和犍牛的命运对比，讽刺了当时社会的黑暗。】

人们常常说这句话：
谁更温和老实，谁就有罪。

Z 知识考点

1.填空题。

因为瘟疫，众野兽变得不同寻常。为了祭祀天神，在_____

的号召下,大家都交代自己的罪行。最后,_____被献给天神。

2.判断题。

(1)牙尖爪利的野兽都只犯过一些小错。　　　　　(　　)

(2)最后被献给天神的是犍牛,因为它罪孽深重。　　(　　)

3.问答题。

为什么犍牛被献给天神?

_____
_____

阅读与思考

1.为什么说那些牙尖爪利的野兽是圣贤?

2.如果真的是天神动怒,需要用罪大恶极者来献祭,那么将犍牛献给天神,天神会停止这场瘟疫吗?为什么?

克雷洛夫寓言

狗的友谊

M 名师导读

生活中不乏这样一些人，平时称兄道弟，可在真正面临考验时，却个个或明哲保身，唯恐避之不及；或袖手旁观，漠然视之，甚至还有落井下石者，这些都不是真正的朋友。真正的朋友应该是能同甘苦、共患难的。

两只看家狗，巴尔博斯和波尔康，
卧在厨房窗下晒太阳。
虽然看守院门才是它们的职责，
但它们在吃饱喝足之后，
就不想再对任何人吠叫了。
于是，两只狗彬彬有礼地攀谈起来。
它们谈了各种问题，
自己的工作，善与恶……
最后谈到了友谊。
波尔康说："想要活得开心，
就要有个朋友，
吃饭睡觉寸步不离，
事事互相帮助，
朋友受欺，敢于出来保护；
还要互相关心体贴，

想方设法让朋友高兴,

竭尽全力让朋友开怀,

在朋友的幸福中,

找到自己的幸福!【名师点睛:"寸步不离,事事互相帮助,互相关心体贴,让朋友高兴、开怀",层层递进,气势非凡,写出了波尔康对友谊的看法。】

如果我们能建立这样的友谊,

我可以大胆地说:

'任凭时光流逝,我浑然不觉。'"

巴尔博斯答道:

"那还用说吗?我想也是!

波尔康呀,我早就感到痛心和烦恼:

我们虽然住在同一个院子里,

可几乎天天都在争斗,

这到底为了什么?

感谢主人,让我们没有饿肚子,住得也宽敞。

但狗与狗之间,跟人与人之间一样,

几乎没有任何友谊!"

"那我们就在今天做个表率!"波尔康叫喊起来,

"伸出你的爪子来,让我们握得更紧!"

两个新朋友又是拥抱,又是亲吻;

它们高兴得无以复加。

这个喊:"我的奥列斯特[即俄瑞斯忒斯,希腊神话中的人物]!"

那个叫:"我的皮拉德[即皮拉德斯,希腊神话中的人物]!"

让吵架、忌妒和仇恨统统滚开吧!

就在此时,很不幸,厨子从厨房向外扔出一根骨头,

两位新朋友飞也似的争着去抢,

▶ 克雷洛夫寓言

什么友爱与和睦全丢在了脑后！

皮拉德和奥列斯特互相撕咬，

只见一撮撮狗毛在空中飘飞，【写作借鉴：使用对比的手法。两只狗刚刚还在说要建立深厚的友谊，互相帮助，有福共享。但是当厨子扔出一根骨头，它俩就撕咬起来，反目成仇，前后形成鲜明对比，表现出对虚假友谊的讽刺。】

直到有人向两条狗身上浇冷水，

才使它们安静下来。

世间充斥着这样的友谊。

对于现在的朋友，不妨说上几句：

他们对友谊的看法几乎一致，

听他们讲话，好像肝胆相照。

可一旦扔给他们一根骨头，

他们就像狗一样暴露本性！【写作借鉴：运用象征的手法，狗与狗之间的友谊象征着人和人之间的友谊。两只狗都把友谊说得天花乱坠，但它们的友谊在一根骨头面前却不堪一击。故事表面上写的是狗与狗之间的事，道理对人也一样适用。】

Z 知识考点

1.填空题。

巴尔博斯和波尔康是两只狗，它们想要建立＿＿＿＿，又是拥抱，又是亲吻，高兴得不得了，但是最后却因为＿＿＿＿撕破了脸。

2.判断题。

（1）巴尔博斯和波尔康住在同一个院子里，可它们天天都在争斗。

（　　）

（2）厨子扔出一根骨头，巴尔博斯和波尔康互相谦让。　　（　　）

3.问答题。

巴尔博斯和波尔康会建立牢不可破的友谊吗?

_____

_____

阅读与思考

1.文中狗与狗之间的友谊和人与人之间的友谊,有什么相似之处和不同之处?

2.你觉得这是怎样的两只狗?

▶ 克雷洛夫寓言

狐狸和土拨鼠

M 名师导读

有些坏人，做尽坏事，却善于伪装，把自己包装成受害者，反倒向别人寻求帮助。这样的人是何居心呢？看看文中这只狡猾的狐狸是怎么为自己辩解的吧。

土拨鼠问狐狸：

"狐狸大嫂，你急急忙忙往哪儿去？"【名师点睛：开篇用问句引出故事，推动故事情节的发展。】

"唉，我亲爱的老乡，

有人说我贪赃枉法，正在追拿我。

你瞧，我在养鸡场当法官，

每天尽职尽责，夙兴夜寐，吃不好睡不好，

就这样，还有人仅凭那些诽谤冲我发脾气。

你想想：要是听信诬蔑，世界上哪儿还有好人？

我怎么可能贪赃枉法？难道我是神经病？

你都看得清清楚楚，我要你来为我做证，

我什么时候参与了那些勾当？

你好好想想。"【名师点睛：狐狸因"贪赃枉法"被革去了公职，事实如此，而它认为自己"受了冤枉"。奸诈、虚伪的狐狸不反省自己的错误，反而还在土拨鼠面前一个劲儿地为自己开脱，甚至鸣冤叫屈，其卑劣

行径令人不齿。】

"不，大嫂，我经常看见，

你的嘴巴上沾满鸡毛。"【名师点睛:此处照应前文，狐狸是否清白，读者一目了然。寓言揭露了狐狸搜刮民财、中饱私囊等种种罪恶行径，抨击和讽刺了像狐狸这样的人。】

有人喜欢到处唉声叹气，

说自己已花光了最后一个钱币。

全城的人都知道，

他和他老婆身无分文。

可是你瞧着吧，

他忽而盖房子，忽而买田地。

关于他的收入多少，支出多少，

连法院也无法查清。

但是为了不做伪证、洁身自好，

你就可以说：

他的嘴上曾经沾满鸡毛。

知识考点

1.填空题。

狐狸在养鸡场当_____，土拨鼠经常看到狐狸的嘴巴上_____。

2.判断题。

(1)狐狸觉得是土拨鼠诬蔑了它。　　　　　　　　(　　)

(2)土拨鼠经常看到狐狸的嘴巴上沾满了鸡毛。　　(　　)

21

▶ 克雷洛夫寓言

路人和狗

M 名师导读

有时候，我们会被一些人忌妒，甚至会遭到讽刺，但是这些都不重要，我们不用在意一些不相关的人说的话，只需要做好自己，走好自己的路就行了。让我们一起来看看路人和狗的故事吧。

<u>黄昏时分有两个路人正在赶路，</u>
<u>他们一面走，一面谈事情。</u>【名师点睛：交代故事的时间、地点、人物。】
突然，一只狗从洞里钻了出来，
朝他们狂吠。
接着又来了一只，而后又来了两三只，
不一会儿，其他人家的狗都跑了过来，
大约有五十只。
一个路人拿起一块石头，想要砸狗。
另一个劝阻道："算了吧，兄弟！
没人能阻止狗叫，你这样做只会让它们叫得更嚣张。
我们只管走自己的路，
我比你更了解它们的禀性。"
果然，他们朝前只走出几十步，
狗就渐渐安静下来，

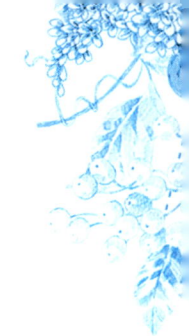

最后一点狗叫声也听不到了。

那些生性爱忌妒的人对待任何东西，
都会像狗一样汪汪乱叫。
你不必在意，
只管走自己的路，
他们叫上一阵就会停住。【写作借鉴：采用比喻的修辞手法，把爱忌妒的人比作乱叫的狗，突出文章的主旨，即不要在意别人的话。】

Z 知识考点

1.填空题。

爱忌妒的人，不论看见什么都要叫。不过，你尽管_____，他们乱叫一阵，就会自动_____。

2.判断题。

（1）一个路人想要捡石头砸狗，被另一个路人制止了。（ ）

（2）两个路人走远之后，狗也停止了吠叫。（ ）

3.问答题。

捡石头准备砸狗的路人为什么停下了动作？

_____

_____

Y 阅读与思考

1.狗有怎样的天性？

2.读完这篇文章，你有怎样的启示？

23

▶ 克雷洛夫寓言

蜻蜓和蚂蚁

M 名师导读

　　在你身边是否有这样的人,他们在该忙碌的时候肆意潇洒,不积蓄力量;遇到困难的时候,没有应对的资源,就想着不劳而获,请求别人的帮助。一旦无人援助,只能自食其果。我们都知道天下没有免费的午餐,在该努力的时候一定要付出必要的辛苦。

　　<u>蜻蜓在美好的夏天飞来飞去,放声歌唱,一眨眼就到了冬季。</u>【名师点睛:交代故事发生的环境、背景、时间及主人公。】

　　田野上一片萧索,
　　再也回不到那些明媚的日子。
　　那时节,每一片树叶下面,
　　都可以找到吃的东西和住的地方。
　　现在,冬天改变了一切,
　　蜻蜓饥寒交迫,
　　日子十分难过。
　　它不再歌唱,整日饥肠辘辘。
　　蜻蜓心情抑郁沉重,
　　它一步步挪到蚂蚁的家门口:
　　"老朋友,请不要把我抛弃!

行行好,给点吃的,

让我在你这儿养精蓄锐,

熬到明年春天。"

蚂蚁回答说:

"老朋友,这可有点稀奇!【写作借鉴:设置悬念,面对蜻蜓的请求,为什么蚂蚁会说"有点稀奇"呢?引起读者的阅读兴趣。】

难道你在夏天不储粮?"

"说实话,我哪儿顾得上?

在嫩绿的草叶上,

我们尽情嬉戏、歌唱,

快活得简直让人头昏脑涨。"

"原来是这样……"

"我忘乎所以,整个夏天都在歌唱。"

"整个夏天都在歌唱?

那你最好还是离开这里,再去跳支舞!"

知识考点

1.填空题。

蜻蜓整个夏天都在_____。因为没有储粮,冬天一来,蜻蜓_____,日子十分难过,整日_____。

2.判断题。

(1)蜻蜓在冬天因为寒冷和饥饿,无法再歌唱。　　　　(　　)

(2)蚂蚁接受了蜻蜓分享自己的饭食和住所的请求。　　(　　)

3.问答题。

蜻蜓夏天在干什么?

_____

_____

> 克雷洛夫寓言

撒谎者

M 名师导读

　　有的人为了满足自己的虚荣心或者其他目的，会说些不着边际的话，但是这些话不会得到大家的认同。可能还会有人站出来揭穿它，最终使说谎者成为令人耻笑的对象。就如本文中的贵族一样，他到处吹牛脸不红，面临检验就心虚。

<u>一个贵族(或许是个公爵)远游归来，和朋友在田野里漫步，</u>【名师点睛：交代了故事的人物、地点和事件。】并添油加醋地讲起自己的见闻，
也不管事情的真假。
他说："我所去过的地方，
世上找不出第二个。
我们这里又算什么呢？
有时寒冷，有时炎热，
有时太阳躲起来不肯露脸，
有时阳光又要把人晒伤。
那里简直就像天堂一样完美！
回想起来就让人心情愉悦！
那里不需要穿皮袄，也不需要点蜡烛，

根本就没有黑夜,全年都如同五月艳阳天。

那里不需要耕种,就已遍地金黄。

农作物到处都是:

比如罗马的黄瓜,

长得真是大,简直让人惊讶,

我至今都无法相信它有山那么大。"【名师点睛:贵族夸大其词,说罗马的黄瓜和山一样大,这不就是天方夜谭吗?从侧面表现了贵族的虚荣。殊不知他的话里漏洞百出,自己已经成为他人的笑柄。】

朋友答道:"这是多么奇怪的事情啊!

世间的怪事到处都有,

就看你能不能发现它。

我们马上就会遇到这种怪事,

我敢保证你从来不曾遇到。

就是前面河上的那座小桥,

它看起来很普通,可是它有个神奇的特性:

撒谎的人从来不敢走上去,

因为走不到一半,桥会断裂,

撒谎的人就会失足落入水中。

而没撒谎的,

就是乘马车经过也无妨。"【名师点睛:朋友的回答耐人寻味。话里所说的那座神奇的测谎桥充满调侃意味,表明朋友已看出贵族在信口胡说,所以才故意说桥能测谎,想使其露出马脚。】

"请问,这河有多深?"【名师点睛:贵族的回答实属妙笔,写活了他的心虚、忐忑——他果然上当了。】

"不浅!看到没,朋友,

世间真是无奇不有!

就说那罗马的黄瓜吧,它大得像座山,

克雷洛夫寓言

你是这样说的吧?"

"虽说不一定有山那么高大,

但是,有一座房子那么大可是真的。"

"难以置信!但是不管多么奇特,

咱们即将要通过的那座桥,

撒谎者无论如何也不敢踏上。

就在今年春天,

它还让两个记者和一个裁缝,

从桥上落水(这件事曾轰动全城)。【名师点睛:朋友通过虚构的事例,佐证桥能测谎,把贵族一步步带入了陷阱。】

当然,黄瓜若像房子那么大,

那也是奇闻了。"

"不要认为哪里的房子都和我们这里的一样大。

那里的房子很矮小,

勉强能钻进两个人,

既不能站,也不能坐!"

"即便如此,还得承认,

黄瓜被称作奇迹是有道理的,

因这它能容纳两个人的身体。

我们的桥是这样的:

撒谎者在上面走不到五步,

立刻落水!

虽然罗马神奇的黄瓜……"

我们的撒谎者马上打断他的话:

"听我说,

为啥我们非要上桥,

找个水浅的地方蹚过去吧！"【名师点睛：通过语言描写，表现出贵族怕被揭露谎言的心虚。】

Z 知识考点

1.填空题。

有一个贵族向他的朋友吹牛，说他到过像天堂一样完美的地方，那里不需要_____，也不需要_____，根本就没有黑夜，全年都如同_____。

2.判断题。

(1)贵族吹嘘在希腊看到的黄瓜有山那么大。（　　）

(2)贵族听说这座桥不能通过撒谎的人而心虚。（　　）

3.问答题。

贵族为了避免上桥，说了什么？

_____

_____

Y 阅读与思考

1.你觉得贵族的朋友说的桥真的存在吗？

2.贵族为什么不敢从桥上通过？

▶ 克雷洛夫寓言

兔子打猎

🅜 名师导读

　　一群野兽约好去打猎,它们经过一番不懈的努力终于打到一头熊。正当它们瓜分熊肉的时候,一只野兔跑出来说:"这也有我的功劳。"野兽们都嘲笑它,不过还是给了它一小块熊耳朵。这个故事告诉我们,吹牛的人即使能得到一点小小的利益,也会被人耻笑。

一大群野兽在打猎,
一头孤零零的熊被它们围住。
它们在原野把熊咬死,
然后开始瓜分猎物,
大家各有所得。
这时,走过来一只兔子,
它顺手抓住了熊耳朵。
"呀,你这兔子是从哪儿冒出来的?"
大家叫道,"刚才打猎的时候没见到你呀。"
"各位,这次捕猎有我的功劳。
正是我在树林中把这头熊撵进了你们的狩猎圈,
要不是我,你们怎能捕到这头熊?"
兔子得意地说。【写作借鉴:语言描写,有趣的语言为下文兔子最终获得熊耳朵埋下伏笔。】

这般滑稽的吹牛,

逗乐了大伙,

兔子如愿分得一小块熊耳朵。

虽然人们有时会嘲讽说大话的人,

但在分享东西时总会分给他一杯羹。【写作借鉴:总结全文,兔子最终获利。吹牛的人经常被人嘲笑,但是因为脸皮厚,他也能得到一点利益。】

知识考点

1.填空题。

一群野兽在原野咬死一头熊,大家正在分配食物,一只_____没有参与打猎,却分到了一小块_____。

2.判断题。

(1)兔子参与了捕猎的过程。　　　　　　　　　　(　　)

(2)野兽们相信了兔子的话,并给了它一小块熊耳朵。　(　　)

3.问答题。

兔子找了个什么借口要野兽分食物?

_____

_____

阅读与思考

1.你觉得像兔子这样喜欢吹牛的人会得到别人的喜欢吗?为什么?

2.想象一下,野兽们在听到兔子吹牛时各自的表情是怎样的?

▶ 克雷洛夫寓言

梭鱼和猫

M 名师导读

　　做事不能眼高手低，要量力而行，不能做那些自己不了解的事或不擅长的事，否则，结果只会令自己狼狈不堪。故事中的梭鱼就是不自量力，还不听猫的劝告，差点丢了性命。

　　假如馅饼由鞋匠来烘烤，
　　靴子由厨师来缝制，
　　结果会怎样？
　　事情一定会很糟糕。
　　但我们还是经常看到，
　　有些人就是喜欢越俎(zǔ)代庖(páo)[比喻超过自己的职务范围，去处理别人所管的事情]，
　　他们永远比其他人更固执，
　　更爱争吵不休；
　　他们总是坏了好事，
　　宁肯成为大家的笑柄，
　　也不愿向正直、有学识的高手请教。【名师点睛：开篇表明了那些爱管闲事或自以为是的人，既不听人劝告，也不向专业的人请教，总是把事弄糟，从侧面说明了这些人的固执。】
　　一条牙齿锋利的梭鱼忽然心血来潮，

要放弃老本行去向猫学逮老鼠，

真不知它是鬼迷心窍，

还是鱼吃腻了？

它一心只想着请求猫，

带上自己一起去打猎，

猫儿对梭鱼说：

"算了吧，亲爱的，

你可了解这项工作？

我劝你还是别去出丑，

俗话说得好：凡事就怕行家。"【写作借鉴："你可了解这项工作？"说明猫对梭鱼的能力提出了质疑。结尾句运用谚语，说明只有专业的人才能做专业的事的道理，使读者更容易理解，增加故事的可读性。】

"够了，大哥！老鼠有什么稀罕的！

我们还经常抓鲈鱼呢。"

"好吧，祝你成功！咱们走吧！"

它们出发，各自埋伏起来。

猫吃饱玩够了，

然后才想起去看望它的朋友。

只见梭鱼直挺挺地躺在地上，

张着大嘴，奄奄一息[形容气息微弱的样子]，

尾巴已被老鼠咬去。【名师点睛：梭鱼不听猫的劝告，结果差点丢了性命。】

看到梭鱼实在不能胜任这份活计，

猫拼命把梭鱼拖回池塘里。

想得倒是不错！

这件事着实给梭鱼一个教训：

以后要聪明一些，

别再想着捉老鼠。

33

克雷洛夫寓言

知识考点

1.填空题。

梭鱼放弃老本行跟猫学逮老鼠,最后梭鱼直挺挺地躺在地上,张大嘴巴,_____,它的_____已经被老鼠咬去。

2.判断题。

(1)梭鱼成功地捉到了一只老鼠。　　　　　　　(　　)

(2)猫将奄奄一息的梭鱼拖回了池塘。　　　　　(　　)

3.问答题。

梭鱼跟着猫去捉老鼠的下场是什么?

_____

_____

阅读与思考

1.为什么猫不看好梭鱼捉老鼠?

2.这个故事告诉我们一个什么道理?

狼和杜鹃

> **M 名师导读**
>
> 　　一只狼要搬家，却把原因归咎于和它相处的人和凶神恶煞的狗，谁会相信它呢？狼跟杜鹃诉苦过后，还描绘了自己理想的住处，狼的理想之地是怎样的呢？杜鹃会相信它说的话吗？

狼对杜鹃说：

"再见了，邻居！

我本以为这里是太平世界，

结果只是白高兴一场。

这里的人和狗，一个个凶神恶煞。

即便我的脾气再好，

也难免跟他们发生冲突。"

"你要远行吗？要去哪儿？

有让你可以与别人和平相处的地方吗？"【名师点睛：杜鹃的疑问表明杜鹃不相信狼可以与别人和平相处，从侧面说明狼在哪儿都不受欢迎。】

"我要去寻找世外桃源。

听说在那里，

人们不知道何谓战争，

像羔羊一样温顺，

> 克雷洛夫寓言

　　　　河里则流淌着牛奶。【名师点睛:这是狼的想象,表现了狼对世外桃源的美好向往。】
　　　　哎,总之,那里正逢黄金时代!
　　　　人们彼此像兄弟一样和睦。
　　　　听说那里的狗甚至都不会狂叫,
　　　　更别说疯咬了。
　　　　你告诉我,亲爱的,
　　　　如果能生活在这样安宁的地方,
　　　　即使是在梦里,
　　　　是不是都会觉得很棒?【名师点睛:其实狼就是在做梦。】
　　　　别了!让我们不念旧恶!
　　　　到那个地方开始新生活:
　　　　和睦、满足、宁静的生活!
　　　　不像在这里,白天提心吊胆,
　　　　夜晚无法安眠。"
　　　　杜鹃说:"亲爱的邻居,祝你如愿以偿!
　　　　不过你的坏脾气和你的尖牙,
　　　　是留在这里,还是随身带去?"
　　　　"什么,把它们留下?这怎么可能!"【名师点睛:这是对狼莫大的讽刺,表明狼的坏脾气是改不了的,对人类有危害的就是那口尖牙。】
　　　　"那么,请你记住我的话:
　　　　无论你到哪里,人们都想剥掉你的皮!"【写作借鉴:通过对杜鹃语言的描写,表明了人类对狼的憎恨。】

　　　　品性差的人总爱怪罪他人,
　　　　眼里永远没有好人。
　　　　事实上,他无法与别人和睦相处,
　　　　原因往往就在他自己身上。

Z 知识考点

1.填空题。

狼说世外桃源的人像_____一样温顺，河里流的全是_____，那里正逢_____。

2.判断题。

(1)狼见到过世外桃源。　　　　　　　　　　　　(　　)

(2)杜鹃想跟着狼一起去世外桃源。　　　　　　　(　　)

3.问答题。

杜鹃说："你的坏脾气和你的尖牙，是留在这里，还是随身带去？"有什么含义？

_____

_____

Y 阅读与思考

1.如果狼真的到了世外桃源，你觉得它会受到欢迎吗？为什么？

2.杜鹃的哪些话流露出人们对狼的憎恨？

> 克雷洛夫寓言

大象当政

M 名师导读

大象在森林里当执政官，它很善良，不愿让一只苍蝇受到欺侮，但它又很愚笨。为什么这样说呢？因为一只狼要从羊身上收一张皮作为过冬皮袄，大象却同意了。

有名望、有权势的人如果缺乏智慧，
那么即便出于善意，
也会把事情弄糟。

大象做了森林的执政官，
虽然它出身于富有智慧的家族，
但每个家族都会出现一些糊涂者，
这头大象便是这样。
别看它的身材和其他家族成员一样，
但脑袋却没有那么灵光。
它心肠很软，甚至不愿让一只苍蝇受到欺侮。【名师点睛：点明了这头大象的特点，即它虽然跟家族其他成员身材一样，但头脑简单，且是一头善良的大象。】

有一天，善良的执政官收到一张诉状，
一看，原来是绵羊含冤呈上，

"据狼说，它们要将我们的皮剥光。"

"骗子！"大象喊道，"真是罪不可恕！

谁允许你们去抢劫？"

狼说道："饶了我们吧，长官！

不是您准许我们在冬天快到时，为了皮袄，

稍稍向绵羊征点儿税吗？

绵羊在这里喊叫，

因为它们太胡闹。

我们只是按照每只绵羊一张皮的标准，

从我们的绵羊姐妹那里收税，

可这么一点儿它们都舍不得给。"【名师点睛：狼用狡黠的语言来表明绵羊的自私和自己的可怜。可是绵羊没有了皮能活吗？狼是真的想做冬袄吗？狼的目的显而易见，从侧面表明了狼的霸道行径。】

大象说："噢，原来如此！不过要当心！

谁要是不秉公行事，我决不会容忍，

羊皮，你们只能取走一张；

除此以外，

不能碰绵羊的半根毫毛。"【名师点睛：大象表面上办事公正，实际上却昏庸愚蠢。"皮之不存，毛将焉附"，大象的做法实属滑稽可笑。】

Z 知识考点

1.填空题。

大象出身于富有智慧的家族，它的身材和其他家族成员一样，但脑袋可不像其他家族成员那样_____。它_____，甚至不愿让一只苍蝇受到欺侮。

2.判断题。

（1）大象在森林里当执政官。　　　　　　　　　　（　　）

> 克雷洛夫寓言

(2)狼的真实目的是想杀死绵羊吃羊肉。　　　(　)

3.问答题。

绵羊的诉求是什么？

_____
_____

阅读与思考

1.你觉得大象适合当执政者吗？为什么？

2.你觉得狼的理由合理吗？为什么？

主人和老鼠

🅜 名师导读

如果家里失窃又找不到证据，我们千万不能胡乱猜疑，更不能随便处置他人，否则盗窃事件不但得不到解决，反而会更糟。本文中的商人就是这样，鲁莽行事，适得其反，将好端端的几仓库粮食拱手让老鼠吃掉了。这是怎么回事呢？

如果家里失窃，
又找不到蛛丝马迹，
这时切记不要被谣言所蛊惑，
也不要胡乱猜疑。
因为这样既无助于抓住窃贼，
令他改过自新，
又可能冤枉好人，
使小的不幸酿成大的灾祸。【名师点睛：开篇点题，劝告人们在没有证据或正当理由时，不要轻信他人的话或妄下结论，否则会把事情弄糟。】

一个商人盖了几座库房，
里面存放着所有食物。
为了不让老鼠偷吃，

▶ 克雷洛夫寓言

商人组建了猫警察署。
猫警察日夜在仓库巡逻，
商人不再担心老鼠偷粮。
一切本应很好，但发生了意外：
巡逻队伍里出了窃贼。【写作借鉴：此处点明窃贼的来历，为下文主人惩处所有猫埋下伏笔。】
监守自盗的事情常有，
人会如此，猫也会如此。
（这一点谁都知道！）
目前，重要的是找出窃贼并惩处。
结果，我们的主人不是暗中巡查，
把小偷绳之以法，
以保护清白者；
而是下令鞭打所有猫警察。
听到这个莫名其妙的判决，
无罪的猫和偷粮的那只猫，
全都飞快地跑掉。
我们的商人一只猫也没有了。【名师点睛：主人没有证据，就妄下结论，要对所有猫进行鞭打，这样只会让窃贼开心。良猫出逃，也为后文仓库里的粮食被老鼠吃光埋下了祸端。】
老鼠期盼的日子终于到来。
猫刚走，它们就冲进库房，
不到三个星期，就把所有粮食都吃光。

Z 知识考点

1.填空题。

为了防止老鼠偷吃粮食，主人成立了一个＿＿＿＿＿＿。然而，猫

42

中出现了盗粮贼,主人要_____所有猫。猫一听,统统逃离了库房,主人的粮食被_____。

2.判断题。

（1）如果家里失窃,不要胡乱猜疑任何人。　　　　　　（　　）

（2）最后所有的猫都逃走了,老鼠有机可乘,吃光了所有粮食。(　　)

3.问答题。

为什么成立猫警察署以后还是出现了窃贼?

_____
_____

阅读与思考

1.你觉得主人对所有猫进行惩处的做法正确吗?为什么?

2."老鼠期盼的日子终于到来"这句话中,老鼠在期盼什么日子呢?

克雷洛夫寓言

老狼和小狼

M 名师导读

要想得出正确的结论，就不能被事物的表面现象所迷惑，要学会透过现象看本质。文中的老狼便深知这一点。这其中到底发生了什么事呢？让我们一起探究老狼与小狼的对话，了解其中的真相吧！

<u>老狼教小狼打猎，</u>
<u>以便让它继承自己的衣钵，</u>
<u>可以衣食无忧。</u>【名师点睛：开篇交代了老狼的意图。】
于是，它命令小狼去附近的树林里寻觅一番，
并嘱咐它要随时留心，看看能否交到好运，
即便是行凶，也要从牧人那里弄顿饭吃。
小狼很快回家报告：
"赶快跟我去，不骗你，
午饭有着落了。
就在那边山脚下，
有一大群绵羊，
而且一只比一只肥大，
随便拖一只，
就可以吃顿饱餐了。"
老狼说："且慢！首先我要弄清，

牧人是什么样子？"【名师点睛：老狼的冷静和小狼的冲动形成对比，突出了老狼的心思缜密，经验丰富。】

"听说牧人聪明又细心。

我又绕着羊群跑了一圈，

认真观察了牧羊犬，

发现它们一点都不健壮，

也挺温和，并没有朝我吠叫。"

老狼开口道："听你这么一说，

我决定放弃这群羊。

如果牧人真的很聪明，

那他养的猎狗也一定很机灵。

如果我们去了，肯定要吃亏！【名师点睛：牧场上的牧羊犬不健壮、挺温和，这些表面现象让老狼更加起了疑心，经过老狼的一番分析，它们决定不去偷袭这群羊。】

还是让我带你找另一个羊群吧，

那里也许更安全。

尽管牧羊犬的数量多，

不过，那个牧人是个蠢货，

因此他手下的牧羊犬一定比他更差。"

Z 知识考点

1.填空题。

老狼教小狼学打猎，告诉它：牧人无能，他的猎狗也一定_____；牧人很聪明，那他的猎狗一定也很_____。

2.判断题。

（1）小狼找到的那个羊群的羊又大又肥。　　　　　　（　　）

克雷洛夫寓言

(2)小狼找到的那个羊群的猎狗体格健壮,也很凶猛。　　(　　)

3.问答题。

老狼为什么没有去偷袭小狼找的那群羊?

_____

_____

阅读与思考

1.小狼从这次行动中学到了什么?

2.你觉得老狼有怎样的性格特征?

猴子干活

M 名师导读

农夫到地里犁地，大夫给病人看病，各司其职，是恰当而合理的。如果要越职模仿，一定要动脑筋，如果不加鉴别，一味盲目照搬，很可能会闹笑话。

如果你无法为他人带来利益和快乐，
即便你干活再卖力，
也得不到他人的感激和赞誉。

天刚蒙蒙亮，
农夫就扶着木犁开始犁地，
片刻间就累得汗如雨下。
他确实是个种地高手。
不论谁从地头经过，
都要对他说一声："干得好！"【名师点睛：描写农夫辛勤干活的场面，从旁人的赞语中，表现出农夫是一个种地高手。】
猴子看见了，十分忌妒。
是呀，谁不想让人夸一夸、感激一下？
于是，猴子也弄了块木头来干活。
它照着农夫的样子，

▶ 克雷洛夫寓言

一会儿拖来拖去，一会儿翻来滚去，
忙得不亦乐乎，
不久它就汗流浃背。
最后，它累得气喘吁吁，
然而并没人称赞它。
亲爱的，这并不稀奇！
你干得虽然很多，
却没有任何效益。【名师点睛：写出了猴子盲目努力的过程，也揭示了故事的中心，即如果你的劳动是徒劳无益的，那就不会得到别人的称赞。】

Z 知识考点

1.填空题。

农民认为_____能带来快乐,而猴子认为_____能带来快乐。猴子为了得到夸奖,累得_____,结果没有听到一句夸奖的话。

2.判断题。

（1）农夫是个种地能手,他受到人们的好评。　　　　（　　）

（2）猴子是因为喜欢劳动才去犁地的。　　　　　　　（　　）

3.问答题。

猴子为什么要去犁地？

_____

_____

Y 阅读与思考

1.猴子是怎样"犁地"的？

2.猴子在地里累得气喘吁吁,结果怎样？

袋　子

> **名师导读**
>
> 　　如果因为一时的荣耀而沾沾自喜、自以为是，那么离被人们遗忘就不远了。本文的袋子就是不懂这个道理，从一文不值到人人羡慕，最终被抛弃，它经历了什么呢？

　　一个空袋子躺在大厅墙角的地板上，
被人用来蹭鞋底的泥沙。
即便是职位低微的人，
也不正眼瞧它。
突然有一天，袋子时来运转。
主人用它装了满满一袋金币，
并把它放进保险箱里妥善保管，
既不让它被风吹，也不让苍蝇落在上面。
更妙的是，袋子立刻在整座城市出了名。
主人的朋友来拜访，都喜欢赞美袋子。
如果保险箱刚好打开露出袋子，
人们就会满眼羡慕地打量它。
要是谁坐在它旁边，就会没完没了地轻抚它。【名师点睛：袋子被保管、袋子被赞美、袋子被羡慕、袋子被抚摸，就因为袋子装满了钱，才受到人们的关注和尊敬，与开篇放在墙角的地板上、被人用来蹭鞋底形

▶ 克雷洛夫寓言

成鲜明对比，突出了某些人的势利，也为下文袋子变得骄傲自大做铺垫。】

袋子看到大家对它如此尊敬，
渐渐变得骄傲自大，
目空一切，自作聪明。
它开始滔滔不绝地胡说八道，
不论对什么都要议论一通：
一会儿说这人不对，
一会儿说那人是傻瓜。
不论怎么做，
在它那儿，事情总是错。
听到它这番胡诌的话，
人们不觉吃惊地张大了嘴巴。
然而无论袋子说什么话，
他们都会谄媚讨好，故作惊讶。
不过，这个袋子会不会永远受人尊敬，
永远享有睿智的名声呢？
其实，只要金币被全部拿走，
它就会被人扔掉！【名师点睛：提出假设，引起思考与共鸣。】

我并不想因为这篇寓言得罪人，
但是在一些豪商巨贾中，
确实有不少这样的"袋子"。
他们过去或是酒馆里的侍者，
或是赌徒，一文不名，
后来他们靠不正当的手段发了财，
便与男爵或公爵都成了亲密的朋友。
他们过去都不敢进官府的大门，

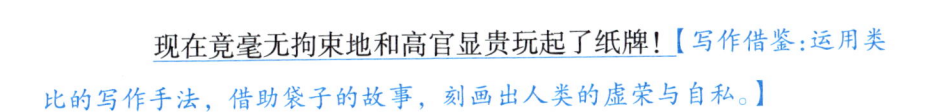

现在竟毫无拘束地和高官显贵玩起了纸牌！【写作借鉴：运用类比的写作手法，借助袋子的故事，刻画出人类的虚荣与自私。】

现在，他把钱财视为粪土。

不过，他可别太得意张扬！

我要不要把一句实话悄悄地告诉他？

愿上天保佑他别有这样的遭遇：

一旦破产，

他就会像袋子一样被人抛弃。【名师点睛：作者对某些人的忠告，引人深思。】

Z 知识考点

1.填空题。

袋子先是放在大厅墙角的地板上，被人用来_____，后来因为它装满了_____，人们开始对它尊敬起来。

2.判断题。

袋子装满金币后，又被放进了保险箱，受到人们的尊敬。（　　）

3.问答题。

袋子看到大家对它很尊敬后，有了怎样的变化？

_____

_____

Y 阅读与思考

1.你觉得大家是真的喜欢袋子吗？

2.袋子里装满金币后，大家是怎样对待袋子的？

▶ 克雷洛夫寓言

猫和厨师

M 名师导读

　　俗话说："秀才遇到兵，有理说不清。"生活中经常会遇到一些做错事不讲道理的人，如果只对这些人好言相劝是行不通的，通常还需要运用规则进行限制，不然他会变本加厉。就如本文中的厨师一样，对一只馋猫和声细语、温文尔雅有什么用呢？

一位知书达理[有知识，懂事理。指人有文化教养]的厨师，
去小酒馆给亲戚操办葬礼，
为了防止老鼠偷食，
就让猫在家守着。【名师点睛：开篇交代了事情的起因，也为下文猫偷吃烧鸡创造了条件，推动了故事情节的发展。】
结果忙完一回家，
厨师就看到地上到处都是吃剩的馅饼，
而猫正躲在醋坛后面啃着烧鸡。
"哎哟！你这个馋鬼做的好事！"
厨师训斥道，
"你藏在墙角不见人，难道就不害臊吗？"
此时，猫仍在啃着烧鸡。
"你怎么能这样？你以前诚实、温顺，
是他人学习的榜样。

可是你现在……

唉，真是可耻！

如今街坊四邻都会说：'瓦西卡是个骗子、窃贼，

要像防止恶狼进羊圈一样防止它进厨房，

甚至连院子都不让进。

它是疑难杂症，是黑死病，是瘟疫！'"【写作借鉴：运用比喻的修辞手法，将防猫比作防狼，生动形象地表现了猫恶劣的强盗行径。"是疑难杂症，是黑死病，是瘟疫"进一步反映出人们对偷吃的猫避之唯恐不及，也表明了厨师的愤怒。】

（而瓦西卡一边听一边吃。）

我们的演说家口若悬河[说话像瀑布流泻一样滔滔不绝，形容能言善辩]，

滔滔不绝地讲了一堆道理。

结果，他的道理还没有讲完，

猫儿瓦西卡已经吃光了那只烧鸡。

我得奉劝厨师，

日后要牢记这一点：

该使用手中的权力时，

千万别讲一堆废话。【名师点睛：运用了简短的话语，升华了本文的主题，这两句话不仅仅是告诫厨师，更是告诫所有人，要解决事情本身，不要空谈。】

Z 知识考点

1.填空题。

厨师回家后看到猫躲在醋坛后面啃_____，在这之前，人们把这只猫当作_____，现在再也不会让它进_____。

▶ 克雷洛夫寓言

2.判断题。

（1）猫儿瓦西卡偷吃烧鸡被厨师捉个正着。　　　　（　）

（2）作者奉劝人们在应当使用权力时,不要大谈空话。　（　）

3.问答题。

厨师在教训猫的时候,猫是怎样的表现？

_____

_____

阅读与思考

1.厨师为什么让猫看守食物？

2.你想对文中的厨师说些什么？

狮子和蚊子

> **M 名师导读**
>
> 在我们的日常认知中,狮子往往是强大勇猛的象征,而蚊子是弱小的代名词,强大一定会战胜弱小吗？弱小的人就该被轻视吗？本文中狮子和蚊子之间会发生怎样的故事呢？

千万不要讥讽、欺侮弱者,

他们一样可以狠狠地教训你。

千万别自高自大！【名师点睛:开门见山,点明中心。】

且听我讲个寓言,

说的是狮子因骄傲自大,

被弱小的蚊子狠狠收拾一番的故事。

听说狮子根本不把蚊子放在眼里,

这让蚊子极为恼怒,决定跟狮子一决高下,

出出这口怨气。【名师点睛:交代事情的起因,也表明了蚊子跟狮子一决高下的决心。】

它既做号兵,又做战士,

嗡嗡吹响了向狮子进攻的号角,

要与狮子决战。【名师点睛:蚊子教训狮子之意十分坚决,斗志昂扬。对于这样的蚊子,狮子会做何反应呢？】

55

> 克雷洛夫寓言

狮子觉得很可笑，但蚊子对待此事十分郑重：

它在狮子脑后、眼前、耳旁吹响了号角！

<u>目标看得准，时机选得好，</u>

<u>它像老鹰一样朝狮子猛扑过去，</u>

对着狮子的臀部将毒刺深深地扎了进去。【写作借鉴：采用了比喻的修辞手法，将蚊子进攻比作老鹰猛扑，表现了蚊子的凶猛勇敢。】

狮子身子一颤，

赶紧用尾巴去拍打这个号手。

蚊子十分敏捷，而且相当勇敢，

它又转去叮咬狮子的脑袋。

狮子摇晃脑袋，甩动颈上的长毛，

但是蚊子的进攻还在持续，

<u>一会儿钻进狮子的鼻子，</u>

<u>一会儿叮咬狮子的耳朵。</u>

狮子恼羞成怒，

朝天一声大吼，气得咬牙切齿，

用利爪撕扯着大地，【名师点睛：写出了狮子既愤怒又无可奈何的样子。】

<u>那凶猛的、雷霆般的狮吼震动了森林。</u>

恐惧在百兽中蔓延，

<u>它们都在奔逃、躲藏，</u>

像是躲避洪水和火灾！【写作借鉴：采用了侧面描写，借其他野兽的反应表现蚊子的勇猛和狮子的狼狈不堪。】

是谁制造了这场恐慌？

当然是蚊子！

狮子乱冲乱撞，筋疲力尽，

最后咕咚一声栽倒在地。

狮子不得不向蚊子求和，

蚊子怨气已消，饶恕了狮子。【名师点睛：交代了故事的结局是狮子输给了一只蚊子。】

我们的英雄又变成了诗人，

它飞遍森林，传播着胜利的喜讯。

Z 知识考点

1.填空题。

狮子根本不把蚊子放在眼里，这让蚊子极为_____，决定跟狮子一决高下，出出这口_____。

2.判断题。

(1)因为狮子不把蚊子放在眼里，所以蚊子决定跟狮子一决高下。

（　　）

(2)蚊子和狮子一战，结局是蚊子向狮子求和。　　（　　）

3.问答题。

蚊子是怎样向狮子发起进攻的？结果怎样？

_____

_____

Y 阅读与思考

1.小小的蚊子为什么可以战胜强大的狮子？

2.这个故事告诉我们一个什么道理？

▶ 克雷洛夫寓言

菜农和学问家

M 名师导读

　　不管做什么事情，我们都要脚踏实地，要有一颗务实的心。想得再多，却不动手，那么不管做什么事情都是不会成功的。只有将想法付诸行动，才有可能获得成功。本文就是以菜农和学问家种黄瓜的故事，诠释了务实的重要性，我们一起来看看吧。

春天，一个菜农在自家园子里刨地。
他干得很起劲，好像要从地里刨出宝贝似的。
这菜农是个勤劳的人，
为了种黄瓜就刨了五十多垄地，
真是身体强壮而又精力充沛。
紧挨着菜农的院子，
住着一位学问家，
不过他爱吹牛，是个所谓的"大自然之友"，
一知半解[知道得不全面，理解得不透彻]的书呆子。【写作借鉴：刻画了一位老学究的形象，无情地讽刺了当时的学院派知识分子只是高谈阔论的书呆子。】
他只是根据书本谈论如何种菜，
有一天，他想试一试身手，
也种一些黄瓜。

不仅如此，他还挖苦菜农：

"邻居，即便你再努力，我也能遥遥领先。

跟我一比，你种菜的本领可就相形见绌了。

你弄得自己的菜园就跟荒漠一样，

我真是纳闷儿，

都把菜种成这样了，你居然还没破产？

估计你对种菜知识一窍不通。"【写作借鉴：语言描写，刻画出一个骄傲自大、看不起菜农的老学究形象。】

菜农回答："没有时间。

我只有勤劳的双手和熟练的技巧，

这就是我所知道的科学。

正是如此，上天才将食物赐予我。"

"你竟敢看不上科学？真是没修养。"

"不，老爷，您别这么说。

如果您有种菜的诀窍，

我随时准备向您请教。"

"等着瞧，只要到夏天……"【名师点睛：这是爱讥讽的学问家和虚心好学的菜农的对话，一个骄傲自满，一个憨厚老实且谦虚勤劳，两者在形象上形成了鲜明的对比。】

"可是，老爷，您为什么不现在行动呢？

我已经播了一些种子，

可您连一个菜畦都还没有整好。"

"是的，我没有整地，是因为没有工夫：

我一直在读书，研究，

考虑用什么工具更好：

是用铁锹翻，用木犁翻，还是用犁铧耕？

不过时间还来得及。"

克雷洛夫寓言

"我的时间有限，可管不了您。"

说完这话，两人各自忙活。

菜农拿起铁锹继续翻地；

学问家转身回家，

他又是阅读，又是摘抄，又是核对，

一会儿翻翻书，一会儿刨刨地，【名师点睛：学问家空有头衔，只会纸上谈兵。】

从早到晚，忙得不可开交。

他好不容易把活安排妥当，

菜畦里刚刚长出了一些新芽，

可他又在书本里有了新发现。

他马上改变主意，

把黄瓜苗移去，重新翻地，

按照新的办法栽种。

可是结果怎样呢？

菜农种的黄瓜已经成熟，

长势喜人，果实累累，

而且如愿以偿，赚了不少钱；

而我们的学问家——

没种出一根黄瓜。【名师点睛：结果令人大跌眼镜——菜农硕果累累，学问家颗粒无收！】

Z 知识考点

1.填空题。

学问家和菜农比试种黄瓜，结果菜农种的黄瓜长势喜人，_____，而且如愿以偿，_____；而我们的学问家_____。

2.判断题。

（1）菜农的邻居是个建筑师,不会种菜。　　　　　（　）

（2）菜农种的黄瓜已成熟,学问家种的黄瓜却没有一点收成。(　)

3.问答题。

菜农所理解的科学是什么?

_____

_____

阅读与思考

1.学问家没有收成的根本原因是什么?

2.想象一下,学问家看到自己的地里一根黄瓜都没长出来时,是怎样的感受?

克雷洛夫寓言

农夫和狐狸

> **名师导读**
>
> 俗话说"江山易改,本性难移",意思是人的本性很难改变,比江山更迭还要难。狐狸是靠偷窃为生的,而本文中农夫还苦口婆心地劝它改邪归正,并给了狐狸改过自新的机会,结果呢?狐狸还是咬死了农夫家的鸡。

农夫遇到了狐狸,

对它说:"朋友,你怎么那么爱偷鸡?

我实在为你感到惋惜!

<u>偷鸡这事让你在全世界都没有好名声,</u>

<u>而且为了偷鸡天天提心吊胆的,饭也吃不好,</u>

<u>甚至还有可能丧命。</u>

就为了几只鸡,值得冒这么大的风险吗?"【名师点睛:这是农夫对狐狸的谆谆劝告,表现了农夫的老好人形象。】

狐狸答道:"这样的日子谁都无法忍受!

我整日食不甘味,也为自己的行为痛心。

可又有什么办法?我很穷,还得养孩子呢。

其实,亲爱的朋友,我也曾思考过,

<u>依靠盗窃为生的,世上也不只我一个!</u>【名师点睛:面对农夫的劝告,狐狸潜意识里并不觉得偷窃有什么不对,还说出了自己的"苦衷",

表现了狐狸的狡诈。】

但是这样做使我心如刀割。"

农夫回答说："如果你没有说谎，

我愿意给你提供工作，

让变得诚实可靠的你吃上饭；【名师点睛：进一步表现了农夫的仁慈。】

我打算雇用你来看守鸡窝，

有谁比你更了解狐狸的诡计呢？

这样，你就什么也不用发愁，

可以在我这里过上称心如意的生活。"

农夫与狐狸达成了协议，

从此，狐狸成了鸡窝的看守，

日子过得轻松又快活。

农夫富裕，狐狸自由，

狐狸每天吃得饱饱的，养得肥肥的，

但就是没有变得诚实一些。【名师点睛：通过描写狐狸在农夫的帮助下，生活有了保障和改善，但它没有变得诚实，体现了"江山易改，本性难移"的道理。】

不是偷来的东西它吃着觉得不香，

于是它在一个漆黑的夜里，

咬死了农夫所有的鸡。

有良心又守法的人，

即便生活困苦，

也不会偷窃或欺骗；

而一个小偷，即使他身价百万，

也依然拒绝不了偷窃的诱惑。【名师点睛：简短的话语，点明了

63

▶ 克雷洛夫寓言

故事的主旨。借用狐狸的形象揭示现实生活中的盗窃行径,这两句话告诫我们,不要轻易相信一个本质很坏的人,贪婪的本性不会因为一次满足就改变。]

Z 知识考点

1.填空题。

农夫为了让狐狸改邪归正,雇用它_____,从此狐狸变得轻松又_____,可就是没有变得_____。在一个夜里,它咬死了农夫所有的鸡。

2.判断题。

(1)狐狸很穷,还得养孩子,不得已走上了偷窃的道路。　　(　　)

(2)狐狸最后辜负了农夫的信任,咬死了所有的鸡。　　(　　)

3.问答题。

为什么狐狸最后还是咬死了所有的鸡?

_____
_____

Y 阅读与思考

1.当农夫劝告狐狸改邪归正时,狐狸是怎样为自己辩解的?

2.想象一下,农夫得知自己的鸡全部被狐狸咬死以后的心情。

一位老人和三个年轻人

M 名师导读

在不可预知的命运面前，人类是渺小的，生命是脆弱的，因此我们要把握人生中的每一天。本文中的老人就因生性宽容恬淡而活到了最后，三个年轻人却因急功近利而遭遇横祸。不得不说，这位老人做人处世的方法值得我们细细体会。

一位老人打算种一棵小树，

三个年轻的邻居却嘲笑他：

"你这样的年纪，倒还有时间种树？

你就是活上两百岁，也没法等到树结果子。

难道你能像玛士撒拉[《圣经》记载的人物，据说他活了969岁，后来成为西方长寿者的代名词]那般长寿？

老家伙，还是放弃吧，

你行将就木，哪能考虑那么久远的事情？

我们年轻健壮、生气勃勃，这样做还合乎情理；

你呢，已经有一只脚踏进了坟墓里。"【名师点睛：这三个年轻人实在张狂，对一位老人如此口无遮拦，随意贬斥，品性的确不佳。对于刻薄的攻击，老人会如何回应呢？】

老人温和地回答说：

"朋友们，我从小就养成了劳动的习惯。

克雷洛夫寓言

我更喜欢做那种利人利己的事，

善良的人做事并不仅仅考虑自己。

我能从种树中得到乐趣。

即使我来不及乘凉，

也可惠及子孙和路人，

这就是我想看到的劳动成果。

至于说咱们当中谁活得更久，

这恐怕谁也难以保证。

难道只是因为青春年少，

死神就不来光顾？

我虽然年老，但也曾为一些妙龄女郎和健壮少年送殡。

或许你们的最后时刻比我还近，

潮湿的大地也可能先将你们埋葬呢！"【名师点睛：相比年轻人的嚣张跋扈，目无尊长，老人的回复显得和蔼且厚道，乐观向上，目光远大，令人肃然起敬。】

事情果然如老人所说的那样：

一个年轻人到海外跑运输，

一开始好像一帆风顺，看起来要赚大钱，

但是一场风暴把他的大船掀翻，

他和他的希望一同沉入大海。

另一个年轻人在外国禁不住诱惑，

由于生活放荡，穷奢极欲，

他的健康遭到了严重的损害，

而后连生命也搭了进去。

第三个年轻人只因在酷暑中一次吃了太多太冷的东西，

病倒后被送到医院，

可是医生并没有把他治愈，

最终他还是离开了人世。【名师点睛：介绍了第一个年轻人死于海难，第二个年轻人死于恶习，第三个年轻人死于疏忽生活细节。他们的死亡原因各有不同，体现了人生无常，命运难测。作者在暗示我们过好每一天，善待身边的每一个人，做好当下的每一件事。】

善良的老人听到这些噩耗，

为这三个年轻人感到非常痛惜。

Z 知识考点

1.填空题。

三个年轻人以为老人会早于他们死去，没想到，他们先于老人离世。第一个死于_____，第二个死于_____，第三个死于_____。

2.判断题。

(1)老人曾为妙龄女郎和健壮少年送过殡。　　　　(　　)

(2)老人因生性宽容恬淡而活到了最后。　　　　　(　　)

3.问答题。

第三个年轻人是怎么去世的？

_____

_____

Y 阅读与思考

1.老人得知三个年轻人去世后是怎样的心情？

2.这个故事告诉我们什么道理？

克雷洛夫寓言

小 树

M 名师导读

小树因享受不到阳光和清风,请求农民为它清除周围的树木,结果遭到狂风暴雨的摧残,丢掉了性命。我们能从小树的境遇中感悟到什么呢?

一棵小树看到农民带着斧头走近,【名师点睛:首句暗示了小树的命运走向。】

小树恳切地对他说:"朋友,你能帮我一个忙吗?

我请你将生长在我周围的树木清除掉,

它们不仅挡住了属于我的阳光,

还限制了我树根的伸展。

它们就像一张密密的网,

让我连一点微风都感受不到。

要不是周围的树木挡住了我,

在一年之内,我肯定能够成为这个地方最美丽的风景,

用我的枝丫为整个山谷带来绿荫。

可现在呢?我细得跟小树枝一样。"【名师点睛:小树的"苦衷"表现了它不满足于现状,想要独占这个地方的野心,却美其名曰"为整个山谷带来绿荫"。】

小树恳切而伤感的话打动了农民,

他决定伸出援助之手。

于是，农民挥动斧头，向它周围的树木砍去。

很快，小树周围清理出很大一片空地。

但是好景不长！

小树受到太阳的炙烤，

身体里的水分迅速蒸发，几乎枯萎了。

大雨和冰雹接踵而来，抽打得它浑身是伤。

最后，小树被狂风摧折在地。【名师点睛：狂风暴雨将孤零零的小树打得七零八落，狼狈不堪。】

"你太愚蠢了！"

一条蛇爬过来对它说，

"你有今天的下场，

完全是自找的。

如果有树林的庇护，

你就能够长到成年，

酷暑和大风都无法把你伤害，

老树都会把你爱护。

如果以后那些树木死亡，

它们的时代也会过去，

那时你已长成一棵参天大树，

强壮、坚固，

今天的不幸就不会发生，

因为那时，即使是狂风暴雨你也顶得住。"【名师点睛：蛇为小树的短视感到惋惜，可现实没有如果……作者好像在告诉我们，只有在庇护下成长得足够强壮，才能抵御风暴。】

克雷洛夫寓言

知识考点

1.填空题。

农民帮小树砍去周围的树木,结果小树受到太阳的_____,身体里的水分_____,几乎枯萎了。大雨和冰雹接踵而来,抽打得它_____。最后,小树被狂风摧折在地。

2.判断题。

(1)小树失去周围树木的遮挡之后,被无情的狂风吹折了。(　　)

(2)小树的一意孤行让它遭受不幸的命运,讽刺了那些自私自利、鼠目寸光的人。(　　)

3.问答题。

如果小树在周围树木的庇护下多长些日子,会有什么结果?

_____

_____

阅读与思考

1.蛇的话诠释了一个什么道理?

2.你有什么话想对小树说?

鹅

> **M 名师导读**
>
> 　　你是否因先辈的功绩而觉得自己高人一等呢？你是否因先辈的功绩而觉得应享受特殊待遇呢？本文中的一群鹅本来就是待宰的羔羊了，临死之前不但抱怨主人对它们不公，还搬出祖先的功绩来试图扭转形势，结果还是成了餐桌上的美味！

　　一个乡下人手里拿着一根长竹竿，
　　赶着一群鹅到城里去卖。
　　说实话，为了早点进城卖个好价，
　　他对这群鹅可真不客气。
　　（凡涉及私利时，不仅是鹅遭殃，人也会如此。）【名师点睛：反映了某些人为了取得更大的利益，会不顾及他人的感受，不择手段，恣意妄为。】
　　我不想去谴责这个人，
　　可是这群鹅却持有异议。【名师点睛：过渡句，起到了承上启下的作用。】
　　遇到一个路人，
　　鹅儿们便向他这样抱怨：
　　"天下还有哪儿的鹅比我们更不幸？
　　一个乡下人竟敢随意对待我们，

克雷洛夫寓言

　　他像对待普通的鹅一样把我们任意驱赶，
　　这个无知的家伙，
　　他应该对我们毕恭毕敬。
　　因为我们有着高贵的血统，
　　我们的祖先曾挽救了罗马，
　　那里还专为鹅定了纪念日！"【名师点睛：鹅为了得到尊重，搬出了祖先的荣耀，路人会认可它们的说法吗？】
　　路人问："可是为什么人们要对你们另眼相看？"
　　"因为我们的祖先……"
　　"这一点我知道，早有耳闻。
　　我只是想知道，
　　你们自己有什么值得炫耀的功绩？"【名师点睛：鹅的话没说完，路人就抢过它们的话，说明路人不想听它们炫耀祖先的功绩。】
　　"我们的祖先挽救过罗马！"
　　"请问，你们做过什么？"
　　"我们？什么也没有做！"
　　"那你们还有什么高贵可言？有什么功劳可言？
　　让祖先安息吧！
　　它们的事迹万古流芳。
　　而你们，朋友们，只配进烤箱。"【写作借鉴：语言描写，路人的话揭示了本文的主旨，一个人要想受到尊敬，应该靠自己的努力来获得，靠他人的荣耀来取得利益是行不通的。】

　　我还是别费口舌解释这篇寓言，
　　否则只会让那一群鹅大受刺激。

Z 知识考点

1.填空题。

这群鹅认为自己＿＿＿＿＿，它们的祖先曾经挽救过＿＿＿＿，但那只是它们祖先的功劳,这群鹅只配＿＿＿＿＿。

2.判断题。

(1)罗马为了纪念鹅,专门定了一个纪念日。　　　　(　)

(2)这群鹅只配送上餐桌。　　　　　　　　　　　(　)

3.问答题。

这群鹅为什么认为自己与众不同？

_____

_____

Y 阅读与思考

1.你觉得这群鹅说的话有道理吗？为什么？

2.你觉得这群鹅听了路人的话会是什么感受？

▶ 克雷洛夫寓言

猪

M 名师导读

在日常生活中，我们看待问题所站的角度是很重要的。文中的故事就说明了这一道理。在猪的眼中，闲逛、滚泥坑、泡水坑就是它的乐趣，什么值钱的宝贝它都视而不见。可是人类却不这样认为……

一头母猪闯进了财主的宅院。
它在马厩和厨房周围来回闲逛，
它在垃圾和粪堆里滚得脏兮兮，
又到污水坑里泡了好一阵子，
这才大摇大摆地回到家里。【写作借鉴："闯""闲逛""滚""泡""大摇大摆"，一系列动作描写生动地表现出了母猪的乐趣。】
猪倌问道："哎呀，你在那里看见了什么？
人们不是说，富人家里到处都是宝贝，
东西一件比一件值钱吗？"
母猪哼哼唧唧地说："不，那全是胡说八道，
我什么宝贵的东西也没有看见，
那里只有垃圾和粪堆；
他家的后院都被我拱遍了。"【名师点睛：母猪的话说明一个人的眼界决定了他看问题的角度，不同的人对同一种事物会有不同的看法。你觉得好的东西，在别人眼里未必就好。】

但愿我这个比喻没有伤害任何人，

不过一个批评家如果真伪不辨，

所见都是虚假和丑陋，

那么把他比作猪也不过分。【名师点睛：结尾点明主题，借母猪的形象揭露某些人的短视和愚蠢的行为。】

Z 知识考点

1.填空题。

母猪闯进了财主的宅院，它在马厩和厨房周围_____，在垃圾和粪堆里_____，又到污水坑里_____，这才大摇大摆地回到家里。

2.判断题。

(1)母猪在财主的家里看到了许多金银财宝。（ ）

(2)母猪拱翻了财主家的餐桌。（ ）

3.问答题。

母猪在财主的宅院里做了些什么？

_____

_____

Y 阅读与思考

1.母猪为什么只看到了垃圾、粪堆和污水坑，没有看见其他东西？

2.读完这个故事，你懂得了什么？

75

▶ 克雷洛夫寓言

鹰和鼹鼠

M 名师导读

　　纵观古今中外，凡是有一定成就的人都是乐于接受忠告的人。他们从善如流，能从他人的建议中找到可取之处，从而避免不必要的麻烦。而本文中的雄鹰妄自尊大、目空一切，不听鼹鼠的劝告，为自己的愚蠢付出了惨重的代价。

不要小瞧任何人的忠告，
首先要把它考察仔细。

雄鹰和雌鹰夫妇从远方飞来，
落入一片密林深处。
它们决定在这里安家落户，
于是，选中了一棵枝叶繁茂的高大橡树。
它们开始在树顶上编织巢穴，
期望夏天在巢中生儿育女。
鼹鼠听到这个消息，
鼓起勇气，向雄鹰提出忠告：
这棵橡树不适宜作为居所，
因为它的根已经腐朽，
也许很快就会倒掉。【名师点睛：好心的鼹鼠壮着胆提醒了雄鹰，

说明鼹鼠心地善良。】

但是一只鹰怎会听取一只鼹鼠的建议?【名师点睛:鼹鼠穿梭于洞穴,雄鹰翱翔于天空,一高一低,一大一小,"一只鹰怎会听取一只鼹鼠的建议?"用反问句凸显了雄鹰妄自尊大、目空一切的性格特点。】

那样的话,大家怎会称赞雄鹰锐利的眼睛?

小小一只鼹鼠怎么敢打扰百鸟之王的工程!

这些话雄鹰并没有讲,

只是无视鼹鼠的警告,

加紧工作——很快,

雌鹰就迁进新房。

一切幸福如意:

它们有了自己的孩子。

但是后来怎么样?

有一天,太阳刚刚升起,

雄鹰就带着猎获的丰盛早餐,

从云间匆忙往家赶。

可是它看见,橡树已经倒在地上,

雌鹰和小鹰都已被橡树压死。【名师点睛:照应上文鼹鼠向雄鹰提出的忠告。】

看到眼前的情景,雄鹰悲痛万分!

它放声大哭道:"我多么不幸啊!

因为我的骄傲,命运竟给了我这样严厉的惩罚!

都怪我当时不听鼹鼠的劝告。【名师点睛:雄鹰追悔莫及,后悔没有听鼹鼠的劝告。】

可是谁能料到,

一只小小的鼹鼠竟能提出这么好的忠告?"

鼹鼠在洞里说道:

克雷洛夫寓言

"要是你当时不藐视我,
那你就会想到,
我在地下挖洞,
就在靠近树根的地方,
树根是好是坏,
有谁比我知道得更清楚呢?"【名师点睛:从侧面说明,不管你多么有背景、多么受人景仰,轻视忠言都是愚蠢的。】

知识考点

1.填空题。

老鹰夫妇挑中了一棵高大的_____安家,准备在这里_____。一只鼹鼠劝告雄鹰不要在这里安家,它给出的理由是:_____。

2.判断题。

(1)雄鹰听从了鼹鼠的忠告,搬到一棵柳树上安家了。（ ）

(2)雄鹰看到雌鹰和子女被压死后悲痛万分,把鼹鼠骂了一顿。( )

3.问答题。

"我在地下挖洞,就在靠近树根的地方,树根是好是坏,有谁比我知道得更清楚呢?"这句话说明了什么道理?

_____

_____

阅读与思考

1.雄鹰猎食回来,看到了怎样的情景?

2.为什么雄鹰不听鼹鼠的忠告?

四重奏

M 名师导读

很多时候，人们做事都只停留在表面，不注重本质，也不去进行深刻的探索。本文中四个动物要合奏曲子，可是无论它们怎么排座位，都无法演奏出动人的音乐，这是为什么呢？

淘气的长尾猴、驴子、山羊，

还有笨拙的熊，【名师点睛：开篇交代主人公，并以淘气、笨拙两个形容词来突出它们的特点，充满调侃。】

准备来一场伟大的四重奏。

它们弄到了乐谱、低音和中音乐器，

还有两把小提琴。

它们坐在椴树下的草地上，

准备用音乐来让人们陶醉。

它们胡乱地拉着琴，异常吵闹。【名师点睛："异常吵闹"说明了琴音不成曲调，更谈不上美妙。】

"停一下，伙计们，停一下！"长尾猴说，

"大家停一下！我们坐的位置不对，

怎么可能演奏出和谐的曲调？

大熊，你拉低音琴，要坐在中琴对面，

我是第一小提琴手，

▶ 克雷洛夫寓言

应该坐在另一把小提琴对面，

这样的座次，才能奏出美妙动听的音乐，

才能让森林和山岳都跳起舞来！"【名师点睛：长尾猴自作聪明的建议令人啼笑皆非，以为换个座次就能奏出和谐美妙的曲调。】

大家落座后，演奏重新开始，

可四重奏还是不成曲调。

"停下来，我发现了诀窍，"

驴子大叫，"要是我们坐成一排，

那我们的音乐准能美妙和谐。"【名师点睛：驴子的想法和长尾猴一样，只注重事物的形式。讽刺了某些人只注重事物的表面，而忽视了事物的本质。】

于是大家听从驴子的话，坐在一排，

可是演奏还是毫无韵律和曲调。

这次不同以往，

关于如何坐的问题，

它们进行了研究和讨论。

这时，一只夜莺闻声飞来，

大家向它提出了疑惑。

它们说："请你先听一听！

再对我们的四重奏加以指点，

我们有乐谱，也有乐器，

请问，我们该怎样排座位？"【写作借鉴：通过语言描写，间接写出这四种动物不仅头脑愚蠢，还自以为是。直到现在还把无法演奏出美妙和谐的曲调归咎于座次不对。这样的动物聚在一起永远找不到出路和方法。】

夜莺回答：

"要当一个乐手，

需要有娴熟的技巧,

耳朵的灵敏度也要好,

而你们,朋友们,都不是当乐手的材料,

所以不管怎样坐,你们都演奏不好。"【名师点睛:旁观者清,夜莺一语中的,同时也升华了主题,即做任何事,只注重形式,是不会有效果的。】

Z 知识考点

1.填空题。

长尾猴、驴子、山羊和_____准备来一场伟大的四重奏,结果琴声乱糟糟的,异常吵闹。

2.判断题。

(1)长尾猴建议大家坐成一排演奏。（ ）

(2)四个动物请求喜鹊为它们指导演奏美妙曲子的方法。（ ）

3.问答题。

夜莺给了四个动物怎样的建议?

_____

_____

Y 阅读与思考

1.为什么四个动物演奏不出美妙的曲调?

2.读完这篇故事,你受到怎样的启发?

81

▶ 克雷洛夫寓言

树叶和树根

M 名师导读

　　不要歧视任何职业的人,因为只有大家共同协作,社会才能正常运转,每个人才能过上幸福美满的生活。树叶与树根也是如此,树叶能在阳光下夸耀自己的美丽,与树根的哺育是密不可分的。

一个明媚的夏日,
树叶在山谷里投下了浓浓的绿荫。
它们轻声细语地和微风交谈着,
言语里都是对自己的夸耀。
<u>它们说:"我们难道不是整个山谷里最美丽的吗?</u>
<u>大树能如此威严魁梧、如此葱茏,</u>
<u>不都是因为我们吗?</u>【写作借鉴:语言描写,表现出树叶的高傲自大、志得意满。】
如果没有我们,树木会变成什么样子?
说实话,这可不是我们自吹自擂!
要不是我们的浓荫,
谁来给路人遮挡夏日的酷热?
要不是我们形成的优美景色,
谁能把牧羊少女吸引到这里来跳舞?
每当出现朝霞或晚霞时,

夜莺就会在我们这里歌唱。

就是你们微风，

不也喜欢跟我们在一起吗？"

正在这时，一个温柔谦和的声音从地下传来：【名师点睛：这里用温柔谦和来形容树根的声音，体现了树根和蔼、亲切的性格。也与树叶的高傲自大形成鲜明的对比。】

"或许你也得对我们表示一下感谢吧？"

树叶沙沙作响，向地下的声音表示抗议：

"是谁这么不知廉耻、自高自大？

你们算什么东西，

有什么资格来跟我们一较高低？"【名师点睛：表现出树叶对树根的蔑视。】

地下的声音答道：

"能有谁？

就是深深地扎根于黑暗地下的我们。

你们居然不知道我们？

我们可是让你们能够得到滋养，

得以茂盛地生长的树根！

但愿你们可以更加美丽、更加繁茂！

但是，请不要忽视你我之间的不同。

每一个春天，都会有新的树叶，

但是，如果我们树根枯死的话，

不仅不会有树叶，

连大树都不会存在。"【名师点睛：说明了树叶和树根只是在分工上不同，其实它们互相依存，密不可分。】

▶ 克雷洛夫寓言

Z 知识考点

1.填空题。

树叶代表的形象是_____的一类人,树根代表的形象是_____的一类人。

2.判断题。

(1)树叶把整个山谷点缀得如此美丽,全靠自己的光鲜亮丽。(　　)

(2)树叶和树根相互依托,分工明确,一起生长。(　　)

3.问答题。

树根是怎样使树叶青翠繁茂的?

_____

_____

Y 阅读与思考

1.树叶向微风炫耀了哪些资本?

2.你觉得树叶和树根哪一个更重要? 为什么?

风　筝

> **M 名师导读**
>
> 那些喜欢自吹自擂、自我感觉良好的人，往往没有真本事。他们所谓的成就并非自己创造的，而是借助外力获得的，因此在别人眼中根本不值一提。就如本文中的风筝一样，它飞得再高再远，蝴蝶也不羡慕。

一只风筝被放飞到高高的云端，

它从高空往下一望：

有只小小的蝴蝶在山谷里飞舞。

骄傲的风筝喊道："喂，蝴蝶，你相不相信？

我几乎看不到你在何处。【名师点睛：表现了风筝居高临下的姿态。】

但是你能看见我飞在云端，

你一定很羡慕吧！"

蝴蝶答道："羡慕？说实话，一点也没有！

你完全不必这样幻想！

你虽然飞得很高，但受制于绳子，【名师点睛：风筝飞得高，是因为有绳子牵扯着它。没有绳子的风筝又怎能飞上高空呢？】

朋友，像你这样的生活，

远远谈不上幸福。

而我，虽然飞得不高，

但我想到哪里，就能到哪里，【名师点睛：说明了蝴蝶的自由。】

> 克雷洛夫寓言

假如我像你一样,

飞行是为了取悦别人,

我就永远不会像你那样喋喋不休地四处炫耀。"【名师点睛:蝴蝶找准自己的位置,不骄傲自大,也不妄自菲薄,表明蝴蝶心态平和,与风筝骄傲的心态形成鲜明的对比。】

Z 知识考点

1.填空题。

风筝飞在高空,却_____;蝴蝶飞在山谷里,却很_____。

2.判断题。

(1)风筝飘到高高的云端,它对蝴蝶不屑一顾。（　　）

(2)蝴蝶没有目标,甘愿飞在小山谷里。（　　）

3.问答题。

故事给了我们什么启示?

_____

_____

Y 阅读与思考

1.蝴蝶和风筝各有怎样的优点和缺点?

2.你从蝴蝶的话中明白了什么道理?

天鹅、梭鱼和大虾

M 名师导读

　　一个人在团队里做事，不能只由着自己的性子，想怎样就怎样。任性做事，是行不通的。只有精诚团结，顾全大局，形成合力，才有可能成功。

　　如果大家在一起做事却心不齐，
　　那么不仅什么事都办不成，
　　还会让人憋屈窝火。【名师点睛：开篇点明主旨。】

一天，天鹅、梭鱼和大虾一起去拉一车货物。
它们三个用尽力气去拉，
可车却一点儿没往前挪！
本来要拉动这货车并不难：
只是在拉的时候，
天鹅想往云里钻，
大虾弓着身子往后退，
梭鱼则想往水里蹿。【名师点睛：天鹅、梭鱼和大虾分别向三个不同的方向使力，货车肯定不会移动。说明干任何事，只有大家都心往一处想，劲往一处使，团结一致，才能成功。】
没必要评判它们的对错，
因为车子到现在还在原地一动不动。

▶ 克雷洛夫寓言

Z 知识考点

1.填空题。

天鹅、梭鱼和大虾一起拉车,天鹅想往＿＿＿＿＿＿,大虾弓着身子＿＿＿＿＿＿,梭鱼则想＿＿＿＿＿＿,所以车子一动不动。

2.判断题。

（1）天鹅、梭鱼和大虾用尽力气去拉货车,货车却没有动,是因为它们力气太小了。（　　）

（2）合伙共事心不齐,事情一定不顺利。（　　）

3.问答题。

为什么天鹅、梭鱼和大虾拼尽全力拉车,车却不往前挪?

_____

_____

Y 阅读与思考

1.如果你是三个动物中的一个,你会怎么做?

2.这篇故事告诉了我们什么道理?

特利施卡的外套

> **M 名师导读**
>
> 遇到麻烦和困难时，我们一定要深思熟虑，切不可慌忙行事，这样只会惹出笑话。文中特利施卡的外套破了，他自作聪明把袖口剪下补在袖肘，又将下摆剪下缝在袖口，这是为什么呢？

特利施卡外套的袖肘上不知何时磨出了窟窿，

于是，他想到了一个好办法：

把一只袖筒剪去四分之一，

在袖肘的窟窿处打上补丁。【名师点睛：特利施卡自以为想到了一个聪明的办法。】

外套是补好了，

他穿在身上也只是半截手臂露在外面。

这有何妨，又何必为此心烦？

可是每个人都对他加以嘲笑。【名师点睛：特利施卡对不得体的穿着不以为意，却引来了人们的嘲笑。】

他又想：

我可不能做让人笑话的大傻瓜，

我要把外衣再修改一下，

把袖子变得比原来的还长。

啊，小伙子特利施卡的头脑真不简单！【名师点睛：通过反语讽

克雷洛夫寓言

刺特利施卡的自作聪明。】

他竟把外套的下摆裁下一段,

接在袖口上,终于把袖子弄长了,

而且比原来的还长。

虽然外套弄得比坎肩还短,

可是他穿起来却满心欢喜。

他得意扬扬地穿着短半截的外衣到处走。【写作借鉴:神态描写,生动地写出特利施卡穿着怪模怪样的外衣,不以为耻,反以为荣。】

可以想象,他又招来阵阵嘲讽。

我有时看到,

一些人常常把事情办糟,

又慌手慌脚地去补救,

就像穿着特利施卡的外套一样受到人们的耻笑。【名师点睛:升华主题,讽刺那些处事应付,习惯凑合的人。】

知识考点

1.填空题。

第一次,特利施卡剪下一只袖子的四分之一将＿＿＿＿＿＿补好了;第二次,他剪下衣服的＿＿＿＿＿＿缝到袖口上。

2.判断题。

特利施卡能剪裁和缝制衣服,是一个心灵手巧的人。　　(　　)

3.问答题。

文章批判了特利施卡的什么性格?

＿＿＿＿＿＿＿＿＿＿＿＿＿＿＿＿＿＿＿＿＿＿＿＿＿＿＿＿＿＿＿

＿＿＿＿＿＿＿＿＿＿＿＿＿＿＿＿＿＿＿＿＿＿＿＿＿＿＿＿＿＿＿

隐士和熊

M 名师导读

　　每个人都想结交朋友，但在结交朋友的时候，一定要擦亮眼睛，选择合适的朋友。本文中的熊出于好心却办了蠢事，让隐士丢了性命。所以，对于那种智商不高又过于"体贴"的人，我们还是避而远之。

　　从前有个人无亲无故，孤苦伶仃，
他住在远离闹市的荒山野岭之中。
尽管隐居的生活总是被他描写得十分惬意，
但是孑然独处的日子不是人人都过得下去的。
无论是处在安乐或是忧患之中，
人类的同情总是甜蜜的。
或许人们会说："那里不是有草地、密林、山冈和溪流？"
"那里很美，这不用多说！
不过无人交谈，终究会感到腻烦。"【名师点睛：隐士生活的地方的确让人羡慕，但也有不如人意之处，那就是没有人与之交谈。】
这位隐士也是如此，整天一个人"茕茕孑立，形影相吊"[孤零零一个人在那里，身体和自己的影子相互慰问。形容非常孤独]，
实在是憋闷。
他去树林里找邻居攀谈，
可是在森林中除了狼和熊，

▶ 克雷洛夫寓言

哪里有人迹？
果然，他遇上一头高大的熊，
没办法，他只好摘下帽子，
向可爱的熊鞠了一躬。
熊也向他伸出一只手掌。
你一言，我一语，就这么认识了。
他俩很快就结下了友谊，
之后朝夕相处，难舍难分。【名师点睛：介绍了隐士认识熊并结下深厚友谊的经过，为下文他们结伴游山玩水埋下伏笔。】
他们都说些什么，
是喜欢讲故事，还是喜欢说笑话，
他们又如何交流，
这些我至今都无法知晓。
隐士不爱多言，
熊也天生沉默寡言，【名师点睛：点明隐士和熊的性格——都不爱说话。】
所以关于他们的情况自然无人知晓。
但是不管怎样，
隐士找到一个好朋友，感到非常高兴。
他总是跟在熊后头寸步不离，
没有熊就感到难受，
并常对这个朋友赞不绝口。【名师点睛：说明了隐士很喜欢熊，依赖熊，对熊无比信赖。】
有一天，他们突发奇想，
要在夏天走遍高山大川、森林草地。
但是人的身体毕竟不如熊强健，
我们的隐士很快就筋疲力尽，

他开始落在熊的后面。

熊看见朋友累了，

便很懂事地对他说："兄弟，躺下歇一会儿吧，

如果你愿意，不妨打个盹儿。

我就守在你身边。"

隐士被它说服，躺下打盹儿，

很快就进入了梦乡。【名师点睛：熊对隐士是多么体贴呀！隐士多么信任这个忠实的朋友啊！】

熊守护着他，也没有闲着：

一只苍蝇落在了朋友的鼻子上，

熊连忙挥手去赶；

苍蝇又落到朋友的脸颊上，

熊又把它赶走。

结果，这只苍蝇又落到朋友的鼻尖上。

突然，熊变得烦躁起来。

它默默地拿起地上的一块石头，

屏住气蹲在那儿，心想：

"你这个狡猾的东西，

我要让你闭嘴！"【写作借鉴：这是对熊的动作和心理的描写，熊为了让朋友能睡个安稳觉，决定消灭这只讨厌的苍蝇。】

等苍蝇一落在朋友的额头上，

熊使尽全身力气，

朝隐士额头狠狠地砸去。

它一下就把朋友的头盖骨砸开了花，

熊的朋友从此长眠不起！【名师点睛：熊的好意帮了倒忙。做事不经过思考，只会让事情走向更糟的一面。当隐士与熊做朋友，他就注定了会有不好的结局。】

▶ 克雷洛夫寓言

遇到危难时有人提供帮助诚然可贵，
可是提供帮助并非人人都做得到。
千万别碰上傻瓜，
殷勤的傻瓜比敌人还要危险可怕！【名师点睛：朋友很重要，但愚蠢的朋友、帮倒忙的朋友还是少结交为好。】

Z 知识考点

1.填空题。

隐士和熊成了好朋友，在一次旅途中，隐士因筋疲力尽而_____，熊为了_____，用石头砸死了隐士。

2.判断题。

（1）隐士住在远离闹市的荒山野岭之中。　　　　（　　）

（2）熊因为记恨隐士，用石头砸死了他。　　　　（　　）

3.问答题。

为什么熊会砸死隐士？

_____

_____

Y 阅读与思考

1.熊是怎样关心它的朋友的？

2.读完这个故事，你有什么感想？

马儿和骑手

名师导读

　　有人认为没有约束才能更好地生活，但其实，有了约束，好生活才会得到保障。本文中一匹优秀的马儿受过严格的训练，能轻松听懂骑手的指令。自信的骑手认为他的马儿已经不需要缰绳，结果却惨遭横祸。

　　一个骑手让他的马儿接受了全面而又严格的训练，
　　因此，他可以随心所欲地驾驭它，
　　只要把马鞭一扬，马儿便能理解他的意图。【名师点睛：突出了马儿的聪明和乖巧。】
　　"给这样的马儿加上缰绳显然是多余的。"
　　他认为用言语就可以驾驭马儿了。
　　有一天，他骑马外出，并把马儿的缰绳解去。【名师点睛：说明了骑手的自信。】
　　起初，马儿感到自由，
　　只是轻轻加快了步伐，
　　昂着头抖动着马鬃，雄赳赳地高视阔步，
　　好像是为了使主人高兴。
　　但是，当这匹马儿发觉没有任何束缚时，
　　它就大胆放纵起来：
　　眼睛里冒着火，热血沸腾，

95

克雷洛夫寓言

再也不听骑手的叱责，

愈来愈快地飞驰在辽阔的原野上，

全速驰骋，狂奔不停。【写作借鉴：神态描写和动作描写，惟妙惟肖地显现出脱离束缚后马儿的狂奔状态。】

骑手想用笨拙而颤抖的手给马儿套上缰绳，

但已然不行。

马儿跑得更加狂野，

结果，骑手从马背上摔了出去。

而马儿自己则像旋风一样继续向前冲，

不辨方向，也不看道路，

最终跌下深谷，

摔了个粉身碎骨。

骑手感到非常痛心：

"我可怜的马儿啊！

是我造成了你的悲剧！

要是我不把你的缰绳解掉，

我一定可以掌控你的一举一动，

你既不会把我摔下来，

也不会如此可怜地丢了性命！"【写作借鉴：心理描写和语言描写，写出骑手的懊悔与自责。】

不管自由多么诱人，

如果超出一定限度，

它同样会给人民带来害处。【名师点睛：结尾告诫人们，世上没有绝对的自由，任何事物都应该有一定的限制，如果超越限制，那么将后患无穷。】

Z 知识考点

1.填空题。

一匹马儿很乖巧,骑手为它解开了缰绳。马儿发觉没有任何束缚,开始_____,再也不听骑手的叱责。它像旋风一样继续向前冲,结果摔了个_____。

2.判断题。

(1)马儿因为跑得太快,慌不择路,摔下悬崖而死。（　）

(2)骑手因为自己的过失而感到懊悔不已。（　）

3.问答题。

是什么原因让骑手解下马儿的缰绳?

_____

_____

Y 阅读与思考

1.骑手解开马儿的缰绳后,马儿是怎么表现的?

2.读了这个故事,你懂得了什么道理?

克雷洛夫寓言

杰米扬的鱼汤

M 名师导读

不管做什么事情,一定要适度。所谓过犹不及,再好的事情,若做得过头了,也会令人反感。本文中杰米扬的鱼汤固然鲜美,但他接二连三地要邻居喝鱼汤,让邻居不知所措,逃命似的跑了。这是为什么呢?

杰米扬准备了一大锅鲜美的鱼汤,
请邻居福卡前来品尝。
"我亲爱的邻居,请你再吃一点。
这是特别为你准备的。"【名师点睛:开篇交代人物和事件,从杰米扬的语言中,可以感觉出他是个热情的人。】
"好邻居,我已经吃饱喝足了。"
"没关系,请再来一碗鱼汤,
这鱼汤的味道实在太鲜美了!"【名师点睛:杰米扬诚恳的邀请,热情似火的话语,看邻居怎么应付。】
"我已经吃了三碗啦。"
"何必这么认真,
如果乐意喝,就请随便喝。
再把这一碗喝得见底!
多么鲜美的鱼汤!
你看这汤色,简直像琥珀一样闪亮。

亲爱的朋友，痛快地喝了它吧！【名师点睛：杰米扬只顾推销自己的美食，却不考虑客人的实际情况，充分体现了他霸道的性格。】

这是鳊鱼，这是鲟鱼块，这是鱼肠！

哪怕再来一勺！喂，老伴，快来添汤！"【名师点睛：杰米扬甚至叫出妻子来劝福卡继续喝汤，这种强加于人的思想，更让福卡不知所措，也让读者感受到一种压迫感。】

杰米扬就是这样款待邻居福卡的，

一刻也不让他停歇，

而福卡早已吃得满头大汗，

可是他又被迫接过一碗鱼汤。

攒足最后的力气，

总算把这碗鱼汤全部喝完。

杰米扬说道："我就喜欢你这样随和的朋友！

爱摆架子的人我可不能忍受。

再来一碗，我亲爱的邻居！"

我们可怜的福卡，

不管他是多么爱这道鱼汤，

也得马上从这困境里脱身。

他用双手抱起腰带和帽子，

逃命似的跑回家，

从此再不登杰米扬家门。【名师点睛：过犹不及，杰米扬过于热情的待客之道，终于吓跑了客人，这一结局令人啼笑皆非。】

作家，如果你有真才实学，

那自然是幸运的事。

如果你不懂得适时地沉默，

而是不停地说着长篇大论，

> 克雷洛夫寓言

那么你的作品就会像杰米扬的鱼汤一样，迟早令人厌烦。【名师点睛：做任何事都应该适度，过犹不及。】

Z 知识考点

1.填空题。

福卡在杰米扬家喝了四碗汤后，杰米扬还要他喝，福卡不知所措，抱起腰带和_____，_____跑回家，从此再也不登杰米扬家门。

2.判断题。

（1）杰米扬的鱼汤中有鳊鱼、鲟鱼和鱼肠。　　　　（　　）

（2）杰米扬待客过于热情，吓跑了喝汤的福卡。　　（　　）

3.问答题。

杰米扬是如何形容鱼汤的鲜美的？

_____

_____

Y 阅读与思考

1.你觉得杰米扬为什么一个劲儿地劝福卡喝鱼汤？

2.想一想，福卡为什么逃离杰米扬的家？

蚊子和牧人

> **M 名师导读**
>
> 当弱者不能和强者处在平等关系中时，就算弱者付出诚意，也常因误解而遭受欺压，就像本文中的蚊子一样，一个善意的举动却让自己丢了性命。

牧人把羊群交给猎狗看守，
自己在大树底下酣睡。
一条毒蛇从树丛向他爬了过去，
只要毒蛇的芯子一伸，
牧人就会性命难保。
蚊子见状，心生怜悯，
便在他额头上使劲儿一叮。
牧人惊醒，立刻把毒蛇击毙。
不过，首先丧命的却是蚊子；
因为醒来的牧人迷迷糊糊地拍了一下额头。

上述事件并非个例：
弱者出于善意，
提醒强者看清真相，
但他们的下场往往和这只蚊子一样。【名师点睛：点明主旨，弱

▶ 克雷洛夫寓言

者在强者面前总是处于下风,即使付出真诚和善意也常以悲剧收场。]

Z 知识考点

1.填空题。

牧人把羊群交给＿＿＿＿看守,自己在大树底下睡觉,差点被＿＿＿＿咬死,是＿＿＿＿救了牧人。

2.判断题。

（1）蛇从树上滑下来要袭击牧人。　　　　　　（　）

（2）蚊子救了牧人,自己却殒命了。　　　　　　（　）

3.问答题。

蚊子为什么要叮咬牧人?

_____

_____

Y 阅读与思考

1.如果牧人没有拍死蚊子,他会感谢蚊子吗?

2.如果你是那只蚊子,你会救牧人吗?

命运女神和乞丐

> **M 名师导读**
>
> 　　人人都知道贪财的结果往往是一无所有,可当现实摆在面前,很多人还是会不由自主地变得贪婪。一个可以改变命运的机会出现在乞丐面前,就是因为他贪得无厌,才错失良机,这令他懊悔不已。

　　乞丐背着破旧的袋子沿街乞讨。
　　他抱怨自己的命运太差,
　　也观察着人间奇怪的事:
　　豪宅里住着的富人们,
　　金钱、快乐和美事那么多,
　　可无论钱袋有多充足,
　　也永远填不饱他们的贪欲!
　　有的穷奢极欲,贪得无厌,
　　直到落得倾家荡产。【名师点睛:一个乞丐能这样深思财富问题,说明他是个能洞察世事、豁达的人。】
　　就拿这座房子的前任主人来说,
　　经营买卖很顺利,赚了一大笔钱。
　　他本可以就此打住,享受余生。
　　但是他转让了生意后,
　　又在春天派船队出海。

克雷洛夫寓言

在寻找财富时，
船队却在海上失事，
他的财宝就此沉入海底，
而他也只能在梦中继续着富豪的生活。【名师点睛：乞丐讲述了一个生意人为获取更多财富而葬身大海的故事。】
再说另外一位，
另一位原来是做承包生意的，
已经积攒了万贯家财，
然而他仍不满足，
由于贪欲太重，结果彻底破产。【名师点睛：乞丐又讲述了一个承包商贪心不足而导致破产的故事。】
总之，这种事多如牛毛。
为什么一个个贪得无厌？
真是咎由自取！
这时命运女神福尔图娜[罗马神话中最古老的女神之一]突然出现在乞丐面前，
她说："我早就想帮助你，
听着，我有很多金币，
打算装满你的口袋。【名师点睛：表明了女神的仁慈。】
不过，我跟你有个约定——
不要让装进口袋里的金币掉在地上，
否则，它就会变成尘土。
我还要事先提醒你，
你的袋子已经破旧不堪，
千万不要装得太多，
免得把袋子撑破。"
乞丐高兴得几乎无法呼吸，

他按捺不住激动的心情。【写作借鉴：神态描写。乞丐不劳而获，他的激动与兴奋溢于言表，表现了乞丐的贪婪。与前文乞丐对财富的深刻思考形成鲜明的对比。】

他把袋子尽量打开，

于是闪闪发光的金币

就像雨点一般流进他的袋子。【写作借鉴：运用比喻的修辞手法，将金币比作雨点，说明金币掉落得快且多。】

袋子逐渐变得沉重起来。

"够了吗？"

"请再给一点！"

"你看，袋子要破了！

你已经十分有钱了。"

"再给一点儿！再给一点儿！"

然而，编织袋突然破裂，

金币散落一地，变作尘土。

女神也消失不见了，

只剩下一个旧袋子，

乞丐又像以前一样行乞讨饭。【名师点睛：乞丐的做法揭示了人性的丑陋。贪得无厌的乞丐最后一个金币也没得到，空欢喜一场。】

Z 知识考点

1.填空题。

一个经营买卖的人，赚了一大笔钱，他不肯适可而止，又派航船出海，结果_____。一个承包商已经积攒了万贯家财，他仍不满足，由于贪欲太重，结果_____。

2.判断题。

（1）乞丐是一个满足现状的人。（　　）

▶ 克雷洛夫寓言

（2）女神的降临，并没有让乞丐变得富有。　　（　　）

3.问答题。

当女神向乞丐说明来意时，乞丐是怎样的表情？

_____

_____

阅读与思考

1.乞丐洞察世事，他是一个贪财的人吗？

2.读了这篇寓言，你想到了什么？

青蛙和宙斯

M 名师导读

有的人为满足私欲而不惜践踏一切,这样的心态令人发指。本文中的青蛙代表的就是这类人,为了自己的生存需要,它祈祷洪水袭击大地。宙斯是怎么批判它的呢?

一只青蛙住在山下的泥沼里,

春天时它把家搬到了水草丰茂的山谷中。【名师点睛:交代主角和事件发生的地点。】

它在山坳里找到一块有水源的地方,

这里灌木丛生,绿叶成荫,

犹如天堂一般。

然而没过多久,夏天到了,

水源渐渐干涸,

毫无生气的水沟里只剩下零落的砾石。

青蛙在洞里祈祷:

"啊!各位神明,

可不要夺去我可怜的生命,

请赐予我一场能淹没山峰的洪水,

以便使江河满库,林木淋漓,

使我的居所永不干涸。"【名师点睛:为了自己的生存需要,青蛙祈

▶ 克雷洛夫寓言

【祷洪水来袭，丝毫不顾及大地上的其他生命，表现了青蛙的自私自利。】

青蛙一天到晚呱呱地叫着，
最后竟骂起宙斯[希腊神话中最伟大的神]，
指责他没有一点儿怜悯之心。
"你这个蠢货！"宙斯忍不住说，
这时，他并未生气，
"你呱呱地聒噪不休，只是徒劳！
难道为了你的私利，
我就该把大地上的人们淹死？
倒不如你搬回山下的泥沼去！"【名师点睛："聒噪"是指声音吵闹，使人厌烦，表明了青蛙的叫声让人讨厌，也体现了宙斯的正义。】

世间到处是这样的人，
除了自己，他们厌恶一切。
他们认为，只要自己舒适，
哪怕世界毁灭，他们也在所不惜。

知识考点

1.填空题。

青蛙原来居住在_____，现在居住在_____。

2.判断题。

（1）青蛙为了满足私利,希望神明赐予它一场洪水。（　　）

（2）宙斯将青蛙赶回到泥沼地里。（　　）

3.问答题。

青蛙为什么想要一场洪水？

_____

_____

狐狸建筑师

> **M 名师导读**
>
> 　　世界上有很多人,他们识人不清,最终引狼入室,为自己的糊涂付出了极大的代价。但若当事者能从教训中获得长进,变得更加机警和聪慧,那也不失为一件好事了。

一只狮子对养鸡情有独钟,

不过它养的鸡却状况百出。

这也不足为奇!

它的养鸡场没有围栏,

鸡不是被偷,就是自己走丢。

为了弥补损失,免除忧虑,

狮子决定盖一座既能防范小偷,

又能让鸡舒适些的鸡舍。

狮子得知狐狸是一位高明的建筑师,

便把这件事交给了狐狸。

工程自始至终进行得非常顺利,

<u>狐狸尽其所能,</u>

<u>勤奋刻苦,技艺超群。</u>

<u>大家左看右看,</u>

<u>对鸡舍赞赏有加!</u>【名师点睛:从"赞赏有加"可以看出鸡舍的确

▶ 克雷洛夫寓言

盖得很好，其实呢？有待下文解开。】

能想到的都想到了，东西一应俱全：
到处固定着鸡架，饲料就在鸡嘴边；
有能驱寒避暑的栖息之处，
还有专供孵蛋的僻静角落。
所有的荣誉和赞扬都属于狐狸！
它因此还领到一笔可观的酬金。【名师点睛：设计精良的鸡舍得到了狮子的赞誉，从侧面表现出狐狸狡诈的特点。】

狮子立刻下令，赶快让鸡迁入新居。
但是迁居之后情况可有改善？没有。
鸡舍看上去十分牢固，木板墙又高又厚；
可是鸡却越来越少，
谁也猜不透原因出在何处。
狮子下令严加防守，
结果抓住了那只可恶的狐狸。

它建的鸡舍，任何野兽任何时刻都无法闯入，
只是它给自己留下了一个可以轻松出入的洞口。

Z 知识考点

1.填空题。

鸡舍建成后，狮子的鸡总是丢失，原来，窃贼就是_____，因为它在修建鸡舍时_____。

2.判断题。

狐狸建的鸡舍并不牢固，时常有狼闯进去偷鸡。（   ）

布谷鸟和斑鸠

M 名师导读

爱是相互的,没有付出就没有回报。布谷鸟总是在别的鸟巢里产卵,让别的鸟帮自己孵化并抚养后代,这使得布谷鸟和幼鸟的关系是疏离的、陌生的,因此布谷鸟到现在还在枝头悲伤地鸣叫……

布谷鸟在枝头悲伤地鸣叫,

斑鸠亲切地问道:

"布谷鸟,你为什么这么悲伤?"

布谷鸟说:"我是个可怜的人,怎能不伤心?

我在春天当上了母亲,

但我的孩子们却不认我。

难道这就是我所期待的结果?

每当我看到小鸭追随母鸭,母鸡召唤小鸡,

而我则形单影只,我心中怎么能不忌妒呢?

我根本感受不到孩子们的爱。"【名师点睛:无论是斑鸠还是读者,在不明真相的情况下,都会为布谷鸟所说的话感到悲痛。】

"可怜的布谷鸟,我对你深表同情,

孩子们的冷漠可以置我于死地!

虽说这样的例子并不少见;

你说你有孩子了,

> 克雷洛夫寓言

可是，我怎么没见你孵蛋？
只见你整天都在飞来飞去。"
"我可不做这样的蠢事，
我总是在别的鸟巢里下蛋。"【写作借鉴:此处语言描写，表明布谷鸟未对子女尽到抚养义务，那子女自然对它没有关爱了。世上的爱都是相互的，没有付出就没有回报。】

斑鸠听到这话，对它说道：
"那你还希望从孩子们那里得到什么温暖？"

这则寓言是写给父母们的。
我无意为做子女的开脱——
对父母们不敬不爱，永远是子女的罪孽；
不过，如果你们把他们完全交给别人抚养，
不让他们在身边长大，
以致晚年得不到子女的关爱，
这难道不怨你们自己？

知识考点

1.填空题。

布谷鸟站在枝头_____，斑鸠过来安慰，得知原因是_____。

2.判断题。

(1)布谷鸟是因为伴侣死去而悲伤。　　　　　　　　　　(　　)
(2)布谷鸟跟其他鸟儿一样，自己孵蛋并养育下一代。　　(　　)

3.问答题。

布谷鸟因为什么十分悲伤？

猎 人

> **M 名师导读**
>
> 　　成功离不开把握机会，而机会总是垂青有准备的人。无论大事小事，都要认真对待，随时做好准备。这样一旦机会来了，才能及时出手，摘取成果。猎人不听别人的善意相劝，没有做好准备工作，结果错过了打猎的最好时机。

做事时，人们总是说：
"还早呢，来得及。"【写作借鉴：结合实际生活，进入主题。】
但是这句话于理不通，
它只是人们为懒惰找的借口。
如果有工作就应该赶快去做，
不然，错过机遇就只能怨恨自己。
下面，我讲一则寓言。

一个猎人拿起猎枪，带上弹药，去树林中打猎。
虽然有人劝他在家里就把弹药装好，
但是他却摆出一副无所谓的样子。
他说："没有必要！【名师点睛：别人好心劝猎人先做好准备工作，可这个猎人却不以为然，表现出猎人自以为是的样子。】
我十分熟悉这条道，

113

克雷洛夫寓言

打从出生起就连只麻雀也没看到。

到打猎的地方还需要走整整一个小时，

就是装一百次弹药，时间也来得及。"【名师点睛：说明打猎的地方离住地很远，猎人表示时间来得及，其实是推脱、懒惰的表现。】

结果，他刚刚离开住地，

就意外看见一群野鸭在湖面上嬉戏。【名师点睛：刚出门就看到了猎物，事情出乎猎人意料。】

如果我们的猎人事先装好了弹药，

他现在只要扣动一下扳机，

就能打中好几只，

这些野味足够他吃一个星期。

此时他赶紧装弹药。

野鸭听见声响，

大叫着扑棱着翅膀飞走了，

很快就消失在天际。【名师点睛：猎人不听他人的劝告，错过了最佳射击时机，一无所获。这说明成功离不开对机会的把握，而机会总是垂青有准备的人。】

猎人在森林里转悠了半天，

也没遇到一只麻雀。

很不幸，天下起了大雨，

把猎人淋成了落汤鸡。

猎人空手而归，

他没有反省自己，

却不住地埋怨坏运气。【名师点睛：猎人不从自己身上找原因，只会怨天尤人，这种人是很难进步的。】

Z 知识考点

1.填空题。

猎人出门打猎,要到达目的地,需要走整整＿＿＿＿＿＿。猎人遇见的第一批猎物是＿＿＿＿＿＿。

2.判断题。

(1)猎人出门之前就将枪里装满了子弹,随时准备射击。（　　）

(2)猎人打猎时掉到水里了,浑身湿淋淋地回到家。（　　）

3.问答题。

野鸭为什么飞走了?

_____

_____

Y 阅读与思考

1.猎人为什么不提前装好弹药做好准备呢?

2.你想对文中的猎人说什么?

克雷洛夫寓言

蜜蜂和苍蝇

名师导读

忠心为人民服务的人,不管走到哪里,都会受人尊敬和称赞;给人们制造麻烦、游手好闲的人,不管走到哪儿,只会遭人憎恶和轻蔑。就如本文中的苍蝇,无论身处何处,等待它的都是人们的轻蔑。

两只苍蝇准备迁往异国他乡,
它们想怂恿蜜蜂一同前往。
它们为何向往遥远地方的美好景象?
只因鹦鹉曾极力夸赞过这些国家。
同时苍蝇在自己的祖国也感到窝囊,
它们不论飞到哪儿都遭到驱赶。
苍蝇认为人们真奇怪,
居然无耻到拒绝它们品尝宴会上的甜点,
还想用玻璃罩来阻止它们。【名师点睛:表现了人们对苍蝇的憎恶。】
而在农夫家,
又有可恨的蜘蛛张着网在等它们。
蜜蜂回答说:"祝你们一路顺风!
我在自己家乡很快活,筑巢酿蜜,
无论是小孩大人,还是农夫王公,
都对我爱护有加。【写作借鉴:惹人讨厌的苍蝇和勤勤恳恳的蜜

蜂形成鲜明的对比。】

　　你们飞吧，想飞到哪里就飞到哪里！
　　不过你们的命运到哪儿都一样。
　　朋友，要是你们不为人类带来利益，
　　不论在哪儿都不会受到尊敬和保护，
　　等着你们的只有张开的蜘蛛网。"

　　为祖国的繁荣辛勤劳作的人，
　　是不会轻易地离开祖国的；
　　而那些无法体现自身价值的人，
　　则总是将国外看作天堂。
　　<u>在那里他不是公民，</u>
　　<u>人们自然不会对他过多地轻蔑，</u>
　　<u>对于他的怠惰闲散，</u>
　　<u>谁都不会感到遗憾。</u>【名师点睛：褒扬爱国者，揭露和讽刺盲目崇外者的扭曲心态。】

Z 知识考点

1.填空题。

苍蝇觉得在自己的祖国很窝囊：不论飞到哪儿都_____，人们还用_____来阻止它们品尝甜点，农夫家还有_____在等着它们。

2.判断题。

两只苍蝇准备迁往布谷鸟曾夸赞过的国度。　　　（　　）

3.问答题。

苍蝇为什么想迁往异国他乡？

_____

_____

117

克雷洛夫寓言

网中的熊

M 名师导读

在寓言中，熊多以凶狠、莽撞、蠢笨的形象示人。而在这则寓言中，我们看到了熊狡猾的一面。为了活命，熊对猎人说尽好话。可是，聪明的猎人立即发现了其中破绽，一语道破熊的用心。

一头熊落入了网中，
但它并不想死。
如果死神远在天边，也没什么；
如果死神近在眼前，那就是两回事。
看到自己全身被网缠绕着，
周围又有猎枪、猎狗和长矛，
这头熊认为情况不妙，不宜搏斗，
它决定放弃挣扎，打算智取。【写作借鉴：此处的心理描写，可以看出这是一头聪明的熊。】
于是，它对猎人说：
"我的朋友，
我亏欠了你什么，你要我的命？
或许你轻信了别人说我们熊如何凶残的谣言？
我们怎么会是那个样子的！
比如说我吧，
你可以向周围的邻居打听打听，

我可是所有野兽中唯一不吃死人的动物,

因此从没受到过指责。"

"你尊重死者的确令人赞赏,"猎人说,

"不过,你只要有机会,

就不会让活人从你爪子底下完好无损地逃脱。

你还不如以死人为食,

别去侵扰活人为好。"【名师点睛:熊的狡诈和猎人的机智,在一问一答间表现得淋漓尽致。】

Z 知识考点

1.填空题。

一头熊落入了猎人的网中,它看到周围还有_____、_____、_____和_____,所以放弃了抵抗。

2.判断题。

从猎人的话语中,可以看出猎人不打算放过熊。　　(　　)

3.问答题。

这个故事告诉了我们什么道理?

_____

_____

Y 阅读与思考

如果你是猎人,你会怎么处置熊?

▶ 克雷洛夫寓言

狐狸和葡萄

M 名师导读

人们对于自己得不到的东西,常说它是不好的。这是一种自我安慰的心理,无所谓对错。本文中的狐狸就是这样,吃不到葡萄说葡萄酸,我们也只能是付之一笑。

果园里的葡萄已经成熟,
一只饥饿的狐狸溜了进来,
看到肉厚多汁的葡萄如绿宝石一样闪闪发光,
不禁眼馋起来。【写作借鉴:将葡萄比作闪闪发光的绿宝石,让人眼前一亮,令人嘴馋起来。】
可惜的是,它们都挂得太高,
狐狸想尽办法也够不着。
它白白折腾了一个钟头,
最后只得悻悻地溜走。
临走时,它懊丧地说:
"算了!这葡萄看上去挺好,
但都现出了没有成熟的青色,
吃起来肯定又酸又涩。"【名师点睛:狐狸吃不到葡萄说葡萄酸。这是一种自我安慰的心理。】

Z 知识考点

1.填空题。

一只狐狸钻进了_____,看到葡萄像_____一样闪闪发光。狐狸折腾了半天都没有吃到葡萄,临走时,它说这些葡萄肯定_____。

2.判断题。

(1)狐狸想吃葡萄是因为实在是太饿了。　　　　（　　）

(2)果园里的葡萄本来就还没有成熟。　　　　　（　　）

3.问答题。

狐狸为什么吃不到葡萄?

_____
_____

Y 阅读与思考

1.狐狸看到葡萄时是怎样的心情?

2.狐狸为什么说葡萄是酸的?

121

克雷洛夫寓言

勤劳的熊

> **M 名师导读**
>
> 　　有些技能看起来容易，做起来却难，因为它需要长久的耐心和辛苦的努力。看标题，我们会以为这是一个关于勤劳的故事；可看完全文，让人不禁会心一笑，原来这只熊是一个莽汉，做事毫无耐心。让我们来看看这只熊是如何"勤劳"的吧。

　　从前，有位农夫靠做车轭(è)谋生。

　　他起早贪黑，辛辛苦苦地工作，赚了很多钱。

　　一天，熊知道了这件事，

　　它也想靠这个来养活自己。

　　不过，做车轭要慢慢地把树木弄弯才行，

　　欲速则不达。【名师点睛：点明了做车轭的关键是慢慢弄，要有耐心。】

　　熊跑到树林中，

　　又是掰，又是砍，

　　一公里之外都能听到它在闹腾，

　　森林里不断传出折断树木的咔嚓声。

　　被折断的榛树、榆树、白桦树不计其数，【名师点睛：折断树木之多、声响之大，更能反衬出熊的耐心有多么不足。】

　　可是手艺还是没有学成。

于是熊去向农夫请教：

"好邻居，这是什么缘故？

我能很轻易地折断树木，

却不能把它们弄弯。

请问，这里面的窍门在哪里？"

邻居答道：

"窍门在于你身上根本没有的东西——耐心。"

Z 知识考点

1.填空题。

农夫做车轭赚了很多钱，_____也想干这活来养活自己，它折断了很多树木，可是手艺还是没有学成，主要是它缺乏_____。

2.判断题。

(1)熊成功地做出了车轭。　　　　　　　　　　（　　）

(2)熊向农夫请教了做车轭的窍门。　　　　　　（　　）

3.问答题。

做车轭的要点和窍门是什么？

_____

_____

Y 阅读与思考

1.为什么熊做不出车轭？

2.这个故事告诉了我们什么道理？

▶ 克雷洛夫寓言

夜　莺

🅜 名师导读

　　本文中被囚禁的夜莺为了获得自由，努力让自己的歌声变得悦耳动听，希望主人释放它。可它未曾想到，主人就是因为它优美的歌声而囚禁了它。

春天，捕鸟人在树林里抓了几只夜莺，
将它们关进笼子里。【名师点睛：交代了故事的起因。】
这些歌手进入监狱，失去了自由，
唱歌哪还有什么激情？
但实在是无事可做，只有唱歌：
有的出于悲哀，有的出于苦闷。
有一只夜莺最为可怜，
因为它承受了更多的悲伤，不得不与伴侣分别。
它眼中噙泪，透过鸟笼遥望原野，
比任何一只夜莺都渴望自由，
悲悲戚戚，不分昼夜。【名师点睛：表现了夜莺渴望自由，为下文夜莺想尽办法获得自由做铺垫。】
但是它转念一想："悲哀解决不了问题，
只有傻瓜才会在困难面前哭泣，
聪明者要想办法解救自己。

人们把我们捉来并不是想吃掉我们,

如果我的歌声能让主人满意,

或许作为奖赏,主人会把我放掉。"【名师点睛:夜莺的话不无道理,可以看出这是一只很有思想、爱动脑筋的夜莺。】

夜莺经过一番考虑,便开始歌唱:

它赞扬晚霞、欢迎朝阳,

但它得到了什么?

这只会使它的命运变得更糟。

那些唱得不好的夜莺,

主人早已打开鸟笼把它们放走;

而这只可怜的歌手,

唱得越动听,

主人就把它管得越紧。【名师点睛:可怜的夜莺竟被自己的才艺所累,永困牢笼,不得自由;而那些平庸的夜莺反而被主人释放,获得新生。】

知识考点

1.填空题。

捕鸟人在丛林里抓住了几只夜莺,把它们关进_____。被囚禁的夜莺无事可做,只有_____来排解心中的苦闷。

2.判断题。

夜莺的歌声感动了捕鸟人,作为奖赏,它们得到自由。　　(　　)

3.问答题。

捕鸟人为什么要捕捉夜莺?

_____

_____

▶ 克雷洛夫寓言

两只狗

M 名师导读

有的人之所以飞黄腾达,过得幸福,凭的就是善于巴结逢迎,讨他人欢心。忠实的看家狗巴尔博斯与哈巴狗茹茹同为犬类,命运却截然不同……

一只忠实的看家狗——巴尔博斯,
勤勤恳恳地为主人看守着院子。
它看见自己的老相识茹茹——一只卷毛的哈巴狗,
正趴在窗台上,脚下垫着软软的褥子。【名师点睛:看家狗勤勤恳恳,生活环境差;哈巴狗无所事事,生活环境却很舒适,两者形成鲜明对比。】

它就像见到久别的亲人一样,
激动得在窗下不停地叫着,跳着,
尾巴也在不停地摇摆。【名师点睛:这里可以看出巴尔博斯很重感情。】

"喂,亲爱的茹茹,
自从主人把你带进温暖豪华的住处,
日子过得怎么样?
你现在在做什么?
你还记得咱们在院子里时常挨饿的情景吗?"

茹茹懒懒地答道：

"主人非常喜欢我，

我的日子过得也很幸福，

吃喝用的全是银餐具。

我整天和主人一起嬉戏，

玩累了就躺在地毯或软软的沙发上休息。

你呢，你过得怎么样？"

巴尔博斯早已停止吠叫，

耷拉着尾巴，很失落。【名师点睛：巴尔博斯了解到茹茹的生活状态后，"耷拉着尾巴""很失落"，说明巴尔博斯对自己的生活状态感到失望。哈巴狗象征逢迎贵族地主的奴仆，他们凭借阿谀奉承过着奢华的生活。】

"我吗？还同过去一样挨冻受饿。

为了给主人看家，

即使下着瓢泼大雨或者雷电交加，

我也只能缩在墙角露宿。

而如果吠叫得不是时候，

主人还要打我。【写作借鉴：巴尔博斯尽心尽力为主人服务，却还过着悲惨的生活。看门狗代表普通劳动者，映射出这类人靠诚实劳动为地主干活，却吃不饱、穿不暖。】

茹茹，你的运气真好，

而我就是拼命干也是徒劳！

你有什么秘诀吗？"

茹茹轻轻笑道：

"说起秘诀，那就是我会用后腿走路。"

许多人过得幸福，

只是因为善于用后腿走路、讨好主人罢了！【名师点睛：作者在

▶ 克雷洛夫寓言

这里暗讽了那些善于溜须拍马的人。】

Z 知识考点

1.填空题。

茹茹是巴尔博斯的_____,茹茹被主人带进了_____,而巴尔博斯只能睡在_____。

2.判断题。

(1)巴尔博斯和茹茹曾经在院子里一起玩耍,时常挨饿。（　　）

(2)即使下着瓢泼大雨或者雷电交加,巴尔博斯也只能缩在墙角露宿。
（　　）

3.问答题。

茹茹问巴尔博斯的生活境况时,巴尔博斯是什么反应?

_____

_____

Y 阅读与思考

1.茹茹能讨主人欢心的秘诀是什么?

2.巴尔博斯有怎样的性格?

猫和夜莺

名师导读

　　一个人想要发挥特长，就需要有一个自由稳定的环境，只有环境融洽安定，他才不会被外界干扰。本文中的猫捉住一只夜莺，它本想听听夜莺悦耳的歌声，然而夜莺在猫爪之下怎能正常发挥呢？猫不理解这些，于是吃掉了夜莺。

　　猫抓到一只夜莺，

　　这个可怜的家伙早已缩成一团。【名师点睛："缩成一团"描写了可怜的夜莺在猫爪下害怕的样子。】

　　猫一边温柔地拨弄它，一边轻声说：

　　"亲爱的小夜莺！

　　我听到人们到处赞扬你的歌声，

　　说你是一流的音乐家。

　　我的老朋友狐狸对我说，

　　你的歌声清脆、甜美，

　　令所有人陶醉。【名师点睛：猫用诚恳的语气赞扬了夜莺的歌声。】

　　我也很想听你歌唱。

　　不要发抖，我的朋友，不要误会我的意思，

　　你以为我要吃掉你吗？不会的！

　　只要你给我唱上一曲，

129

> 克雷洛夫寓言

我就会还你自由，让你在树丛中飞翔。

我和你一样热爱音乐，

经常哼着歌儿进入梦乡。"【名师点睛：从猫的语气可以看出，猫爱好音乐，爱听夜莺演唱，并没有吃它的想法。】

但是，可怜的夜莺抖得厉害，

正在猫爪下挣扎，想要逃生。

猫又继续说："怎么样，朋友，

哪怕少唱几句？"

此时，夜莺完全唱不出来，

它在惶恐中尖叫着。

猫冷笑着质问道：

"难道这就是你赞美森林的歌声吗？

大家赞不绝口的甜美嗓音哪里去了？"【名师点睛：猫从轻声说到现在冷笑着说，表明猫耐不住性子了，连用两个反问，暗示了夜莺的惊惶与怯懦，突出了猫的专制。】

如果是我的小猫像你这样叫，也会使我烦恼。

我看你对唱歌一窍不通，

叽叽喳喳，实在难听。

看来，把你吃到嘴里才能有点味道！"

于是，猫一口将它吞下肚。【名师点睛：夜莺在惶恐中的尖叫，使得猫烦恼不已，猫便一口吃掉了夜莺，表现了猫的蛮横与霸道，暗讽了社会上那些官僚地主们的专制。】

还要我把意思讲得更明白些吗？

猫爪下的夜莺，唱不出好听的歌。

Z 知识考点

1.填空题。

猫要夜莺唱歌给自己听,而夜莺在猫爪下害怕得_____,只会发出惶恐的尖叫。猫一怒之下,_____。

2.判断题。

(1)猫是因为夜莺有美丽的外表才把它抓来的。　　　(　)

(2)夜莺在猫爪下害怕得缩成一团,惊恐万分。　　　(　)

3.问答题。

猫听说人们是怎样称赞夜莺的歌声的?

_____

_____

Y 阅读与思考

1.猫是怎样讥讽夜莺的?

2.从猫的讥笑声中,你感受到了什么?

> 克雷洛夫寓言

跳舞的鱼

> **M 名师导读**
>
> 　　如果官员在体察民情的时候只听取片面之言，不深入底层大众，那体察的意义何在？本文中的狮王准备为百姓伸张正义，可是却被满嘴谎言、阿谀奉承的农夫蒙骗了。这是怎么回事呢？

　　<u>狮王总是听到百姓控告法官和豪绅，</u>
　　<u>它勃然大怒，决定亲自巡视国土。</u>【名师点睛：狮王听说法官和豪绅有罪，它准备微服私访，体现狮王以天下为己任的公正之心。】
　　途中，它看见一个农夫把刚捕来的鱼放入煎锅，
　　可怜的鱼在锅里备受煎熬，胡乱蹦跳。
　　狮子张大嘴巴，生气地质问农夫：
　　"你是谁？这是干什么？"
　　农夫惊慌地说：
　　<u>"至高无上的大王！</u>
　　<u>我是水族头领，</u>
　　<u>我们之所以在这里，</u>
　　<u>就是为了恭迎您的到来。"</u>
　　"噢，你的属下过得好吗？这里富裕吗？"
　　<u>"伟大的国王！</u>
　　<u>这里简直就是天堂！</u>

我们天天在祈祷一件事,

那就是祝福您万寿无疆。"【名师点睛:对于狮王的问话,农夫满嘴谎言,阿谀奉承,刻画了一个溜须拍马的小人形象。】

这时鱼还在锅里拼命地挣扎。

狮子问道:"请你告诉我,

它们为什么摇头晃脑,不停地甩尾巴?"

农夫答道:"啊!圣明的大王!

它们是太高兴了,正在跳舞呢。"【名师点睛:狮王在视察时根本听不到下层人民的心声。"跳舞的鱼"象征备受地方官欺压的百姓,他们控告无门,濒临破产和死亡。】

狮子慈爱地吻了吻"水族头领"的胸膛,

又看了一眼跳舞的鱼,

便启程了。【名师点睛:狮子不辨是非,听信谗言,影射了当时统治者的昏庸,与开篇狮子的正义感形成鲜明对比。】

Z 知识考点

1.填空题。

狮王看见农夫在锅里煎鱼,很_____,农夫很_____。

2.判断题。

(1)狮王听说百姓控告法官和豪绅,决定亲自巡视国土。（　　）

(2)"跳舞的鱼"象征备受地方官欺压的百姓。（　　）

3.问答题。

鱼为什么会在锅里"跳舞"?

_____

_____

> 克雷洛夫寓言

帕尔纳斯山

名师导读

愚蠢的人不管在哪里都是愚蠢的，不管给他创造出多么好的环境，他都不会有任何改变。所以不要对愚蠢的人抱有任何期待，他们只会让你更加失望。就如本文中的一群驴，本来在郁郁葱葱的草地上过着幸福的生活，可它们偏要与女神比唱歌，结果被赶回驴棚。

古希腊时，诸神的地位开始动摇，
人们不再供奉他们，
反而嘲笑甚至销毁他们的神像。
最终，诸神被赶出了神殿，
人们瓜分了他们的领地。
一个农民分到了缪斯的领地——帕尔纳斯山。
山上郁郁葱葱，到处弥漫着沁人心脾的芳香。【写作借鉴：景物描写。帕尔纳斯山是神的府邸，是神圣、美丽的地方。】
于是农民决定在这里养驴。
他把驴棚的驴子牵到山上来，
驴子们在这里吃饱喝足，悠然自在，
过着无比幸福的生活。
后来，驴子们无意中得知，
这里曾是文艺女神缪斯的领地，

便说:"怪不得主人要在这里饲养我们,

原来是他们厌倦了缪斯的歌声,

想要我们代替文艺女神在这里唱歌!"

"那还等什么呢?唱一曲吧!"

其中的一头驴子兴奋地嚷道,

"我们要比女神唱得更动听!【名师点睛:这头驴子真是自以为是,异想天开。】

同伴们,鼓起勇气,不要害怕!

用我们最甜美的歌喉尽情歌颂我们祖先吧!

要唱得比缪斯九姐妹还要嘹亮、动听!

谁要不唱,那便是对主人的不敬。

说不定,我们会被他赶下这块富庶之地。"

这番话说得实在太让驴子们热血沸腾了,

驴子们纷纷用自己的方式表示了赞同,

它们跃跃欲试,放开干哑的嗓子嘶吼起来,

每头驴子都兴奋得不能自已。【名师点睛:愚蠢的驴子为了给主人唱歌,尽情地吼叫。它们会引来哪些关注呢?结果怎样?】

于是,到处是混乱的鸣叫,

仿佛是路上那成千上万没有上油的车轮子发出的吱呀声。

主人正悠闲地躺在大树下闭目养神,

驴子们的吼叫声令他实在无法忍受!

他怒气冲冲地走到驴子面前,

大声喊道:"你们这些愚蠢的家伙,

根本不配在这里生活,

马上给我滚回驴棚去!"【名师点睛:农民实在忍受不了驴子的吼叫,只得把这些愚蠢的家伙赶回驴棚。】

于是,主人把驴子全都轰出了帕尔纳斯山,

> 克雷洛夫寓言

赶回了牲口圈里。

不学无术的人应引以为戒。

先哲曾经说过一句格言：

<u>一个人脑袋里空无一物，到哪里都是傻子，</u>

<u>无论给他创造多么优越的环境，</u>

<u>也无法让他变得聪明起来。</u>【名师点睛：作者提醒那些自以为聪明的人，别做愚蠢的事。只有不断充实自己，才能不被无情的现实击垮。】

Z 知识考点

1.填空题。

驴子们在帕尔纳斯山的草地上的生活状态是_____，_____。

2.判断题。

(1)帕尔纳斯山曾经是文艺女神的居住地。　　（　　）

(2)主人忍受不了驴子的吼叫，把它们轰下了帕尔纳斯山。

（　　）

3.问答题。

帕尔纳斯山是什么样子的？

_____

_____

Y 阅读与思考

1.从哪里可以看出驴子在帕尔纳斯山过着幸福的生活？

2.驴子为什么会被赶回驴棚？

驴　子

> **M 名师导读**
>
> 　　如果一个人灵魂愚蠢卑微,那么即使外形再高大威猛,也不会让人高看一眼。在这个世界上,内在的修为往往比华丽的外表重要得多。驴子出生时个子很小,但它却很傲慢,为了使自己高大一些,它不厌其烦地恳请宙斯将它变大……

　　当宙斯创造了宇宙万物,

　　驴子便来到了这个世界。

　　但不知是宙斯有意为之,

　　还是忙中出错,

　　他让驴子长得和松鼠一般小。【名师点睛:介绍了可能造成驴子身材矮小的几种原因。】

　　几乎谁都不会去注意驴子,

　　可它的骄傲不逊于任何动物。

　　驴子想展示自己的体格,可有什么方法呢?

　　个头就这么小,抛头露面不就是给自己找难堪吗?【名师点睛:驴子的身材矮小,使它颇有不满,觉得这是耻辱。】

　　自负的驴子去见宙斯,

　　死皮赖脸地要他给自己换一副魁梧的身材。

　　"伟大的宙斯啊,请替我想想吧!"它说,

▶ 克雷洛夫寓言

"这简直让人无法容忍，

狮子、雪豹和大象都有很高的声望，

大大小小的动物都在谈论它们。【名师点睛：侧面烘托出驴子的虚荣心极强。】

为什么我就不能这样？

为什么得不到别人的尊重？

谁也不讨论我的事情？

如果我能像牛犊一般高，

我就能灭掉狮子、雪豹的威风，

让整个动物界知道我的存在！"【名师点睛：表现出驴子的张狂与无知。】

驴子天天旧调重弹，

变得十分惹人讨厌。

终于宙斯不胜其烦，

答应满足驴子的心愿。

给它一副庞大的身躯，

还赋予它野蛮的吼叫。【名师点睛：宙斯被驴子的自负惹怒，给了驴子一些虚无的东西。】

于是，这位长耳朵大力士，吓跑了林中百兽。

"这是什么动物？它哪里来的？

想必牙齿尖利？犄角很多？"

野兽们开始对驴子议论纷纷。

最后的结局如何？

一年刚过去，大家已经了解驴子：

它只能与愚蠢画上等号，

人们都把重物压在它的背上。

门第与官职显赫值得庆幸；

但如果灵魂是卑劣的，

门第与官职又有何用？【名师点睛：身材高大，就跟地位高贵一样，显然是好事。但倘若灵魂是卑劣的，那就不见得有什么好处。】

Z 知识考点

1.填空题。

宙斯创造驴子时,让它的身材长得和＿＿＿＿＿＿＿＿＿＿＿。后来,在驴子的请求下,宙斯又赐给它＿＿＿＿＿＿和＿＿＿＿＿＿。

2.判断题。

（1）宙斯看到驴子可怜,便赐给它庞大的身躯和野蛮的吼叫。（　　）

（2）生活中,驴子变成了愚蠢的代名词。（　　）

3.问答题。

驴子张狂的表现有哪些？

_____

_____

Y 阅读与思考

1.驴子为什么坚持要宙斯把它变大？

2.驴子的结局如何？

▶ 克雷洛夫寓言

两只鸽子

M 名师导读

　　外面的世界再精彩也不及家里温暖,外面的事物再美好也不及跟亲人在一起幸福快乐。本文通过鸽子生离死别的经历诠释了这个道理,让我们一起来看看吧。

　　有两只亲如兄弟的鸽子,
　　同吃同住,一刻不离,
　　它们分享欢乐共担悲伤,
　　不受时光流逝的影响,
　　虽然有时郁郁寡欢,
　　却从不感到孤寂,
　　好像彼此永远不会分离。【名师点睛:介绍了两只鸽子的亲密关系与深厚的情谊,为后文故事的发展奠定了坚实的基础。】
　　可是,突然有一天,
　　一只鸽子想要去外面的世界看看,
　　看看新鲜事物,区分真相和流言。
　　另一只鸽子眼含泪水问道:
　　"你要飞到哪里去?
　　满世界流浪有什么好?
　　难道你想和朋友分道扬镳?【名师点睛:表现了另一只鸽子对即

将远行的鸽子的恋恋不舍。】

你真是没有良心！
即便你不考虑我，
也得想想狂风暴雨、捕鸟人的绳套和凶猛的飞禽，
以及路上的其他危险。
哪怕等到春天再飞向远方，
到那时我绝不阻拦你。
现在，食物太匮乏了。
再说，你听，乌鸦在叫，
这可不是什么好征兆。【名师点睛：这只鸽子从多方面阐释远行的危险，每句话都很有道理，说明它头脑清晰、善于观察与思考。】

留在家里吧，好朋友！
我们一起会很快乐！
还要飞往何方？我真是不懂。
没有你，我会孤零零。
索套、老鹰和大雷雨，
本是只在我噩梦中才会有的东西，
现在我害怕会成为你面临的不幸！
哪怕一小块乌云飘在头顶，
我也会说：'哎！我的兄弟在哪里？
它可安康，它可吃饱？
连绵的阴霾天里，
它可有遮风避雨的巢？'"【名师点睛：这是这只鸽子发自肺腑的话，真令人感动。要远行的鸽子会怎么回应呢？】

这一番话深深地打动了另一只鸽子，
它舍不得抛下对方，又很想远行：
强烈的渴望妨碍了它的判断。

克雷洛夫寓言

"别哭,兄弟!"它安慰伙伴,

"我和你顶多分开三日。

我会粗略地去看一看,【名师点睛:友谊改变不了这只鸽子周游世界的想法。】

看过了新奇的东西,

我就会返回你的身边。

那时候我们的话题将更有趣,更丰富,

我回忆起旅行中的每一刻每一地;

讲述所有的经历:趣事、风俗,

或是在什么地方,看到了怎样的奇观异景。

你听着,想象着,

就好像和我一起周游了世界。"

话都说到这个份儿上了,它们只好相互亲吻告别。

一只留下,另一只展翅起程。

我们的旅行家一路飞行,

忽然遇到了雷雨,

四周的原野瞬间变成一片蓝色的汪洋大海。

到哪里躲避呢?【名师点睛:鸽子遭遇的第一险——遇到恶劣的天气。】

幸好眼前出现了一棵干枯的橡树,

我们的小鸽子贴紧树干,勉强栖身。

这里无法遮风,无法避雨,

鸽子全身淋湿,瑟瑟发抖。

雷声渐小,太阳露头,

又激起小鸽子远行的愿望。

它甩落身上的水珠继续飞,

看到密林深处洒落着麦粒。

它飞了下来——立刻落进了网里。【名师点睛：鸽子遭遇的第二险——落进网里。】

这真是太不幸了。

它颤抖着，急着要冲出去。

万幸，它落在一张旧网里，

好歹撞开一个窟窿才逃生了，

只是一只脚爪脱位，一只翅膀受伤！

顾不得这些，它继续飞翔。

可更大的灾难还在后面！

一只凶猛的鹞鹰不知从哪里飞来，

追得鸽子两眼发黑不辨东西。【名师点睛：鸽子遭遇的第三险——遭到鹞鹰的追击。】

它拼尽最后的力气逃避，

可是它太虚弱了，眼看要丧命。

凶猛的铁爪已经逼近，

宽大的翅膀散发出阵阵寒气。

危急时刻，一只金雕从空中飞来，

全力抓住了那只鹞鹰，

鹞鹰成了金雕的午餐。

此时，我们的鸽子犹如石块一样从天上疾速坠落，

躲在了篱笆的旁边。

然而它的灾难还没结束，

一个横祸又向它袭来。

有个男孩用石子瞄准了鸽子，

小小年纪也不知道怜惜，

一下扔出去，击中鸽子的太阳穴。【名师点睛：鸽子遭遇的第四险——遭到男孩的石子攻击。】

143

> 克雷洛夫寓言

我们的旅行家，顿时头破血流，

它损了一只翅膀，崴了一只脚爪。

本想看看世界，结果肚子空空，

好歹支撑着回到了家。

还算是幸福的：友谊在等待着它！

从友谊之中它得到了体贴、抚慰与喜悦，

不久便忘记了那些痛苦和不幸。【名师点睛：鸽子与朋友重逢，在饱受了各种痛苦的经历后，它终于明白在朋友和家人身边才是最幸福的！】

唉，一心想环游世界的你们哪！

请把这篇寓言细细品读，

不要匆匆地踏上远行之路。

不管你们的想象多么诱人，

世上没有什么更美好的地方，

能胜过有亲人与朋友的家园。【名师点睛：强调世上最贴心、最在乎你的人是亲人与朋友，最美好、最温暖的地方是家园。】

Z 知识考点

1.填空题。

鸽子飞进麦田觅食，陷入_____；好不容易挣脱出来，又遭到_____的穷追不舍；侥幸逃脱之后，在_____被男孩用石子击中，最后，勉强挣扎着飞回了家园。

2.判断题。

（1）鸽子在听了好朋友的劝说后依旧选择周游世界。（　　）

（2）鸽子在篱笆旁边被小男孩用石子打中了太阳穴。（　　）

老鼠会议

> **名师导读**
>
> 　　生活中，总有一些人无视规则的存在，利用手中的权势来包庇和他关系亲近的人。殊不知，总有一双公正的眼睛时刻在盯着他们。本文中的老鼠们召开了一个会议，并规定了参会的条件。但还是有一只老鼠违反规定参与了会议。而白胡子老鼠说了一句话，就保留了违规老鼠的参与资格，它说了一句什么话呢？

　　<u>有一天，老鼠们忽然想要宣扬自己的名声，</u>

　　<u>让人们知道自己不再害怕猫。</u>【名师点睛：开篇点明了老鼠开会的目的，交代了事件的缘由。】

　　为此，它们决定召开一次老鼠会议，

　　并规定只有尾巴比身体长的老鼠才有资格参加。

　　老鼠们有一个传统认识：

　　<u>尾巴长的老鼠更机灵、更聪明。</u>

　　这看法是否合理姑且不论，

　　<u>因为我们人类，</u>

　　<u>也常常依据服装和胡须，</u>

　　<u>判断一个人是否聪明。</u>【名师点睛：人类和自然界里其他动物有很多相似之处，都喜欢凭借外表来判定事物。此处暗讽了人类审视事物时的盲目。】

145

▶ 克雷洛夫寓言

在一个黑黢黢的夜里，

会议在一个面粉箱里召开了。【写作借鉴：介绍了开会的时间和地点。】

一个个老鼠刚刚入座，

天哪！有个没尾巴的家伙混在其中！

一只年轻的老鼠暗地里捅了一下白胡子老鼠，

对它说："没尾巴的也来开会怎么成？

这置我们的规定于何地？【名师点睛：年轻老鼠发现了违规入场的老鼠，向白胡子老鼠进行汇报，表现了年轻老鼠对工作认真负责的态度。】

赶紧把它轰出去吧！

它既然没有能力保住自己的尾巴，

对我们还有什么用？

它不单单会连累我们两个，

甚至会毁掉我们的地下组织。"

白胡子老鼠回答说：

"莫作声！你说的这些我都懂，

可这只老鼠跟我是老交情。"【名师点睛：白胡子老鼠知法犯法、徇私舞弊，公然让自己的老朋友出席会议，讽刺了当时社会的荒谬，以及执法过程中的腐败和黑暗现象。】

Z 知识考点

1.填空题。

老鼠们的会议定在_____，地点设在_____里，出席会议的老鼠必须具备一个条件：_____。

2.问答题。

老鼠们为什么要举办这场会议？

_____

狮子和雪豹

M 名师导读

狮子和雪豹争夺地盘,在无法分出胜负的情况下,它们决定和谈。雪豹要狮子派驴子来谈判,狮子表面上答应,而谈判时委派的却是狐狸,这是为什么呢?

为了争夺地盘,

狮子和雪豹持续交战。

依法解决争端不是它们的本性,

因为它们只信奉武力,

强暴之徒没有法律观念。【名师点睛:狮子与雪豹只相信谁的武力强谁就是王者,表明它们都是不受约束、目无法律的人。】

可仗不能总这样打下去。

爪子会有磨钝的时候,

身子会有疲乏的时候。

有一天,两个强者想暂且休战,

把一切争端搁置一边,

签订一项和平条约,

直到新的争端再次出现。【名师点睛:故事情节发生转机,和平条约真的能签成吗?】

"让我们尽快任命各自的秘书。

> 克雷洛夫寓言

它们商讨条款,

我们照办就行。"

雪豹向狮子提议,

"比如我的秘书吧,

我决定让猫来担任。

猫虽其貌不扬,

心却和善。

我劝你派出尊贵的驴子,

它是官吏中一位要员。

你的所有侍从和谋士,

抵不上驴子的一半。

驴子和猫定能协商妥当,

我们只管信赖协议的条件。"【名师点睛:雪豹夸赞了猫和驴子,同时提出了让驴子做狮子的谈判员的建议,这是为什么呢?狮子能识破雪豹的诡计吗?】

狮子对雪豹的建议不予反驳,

只是指派了狐狸,而不是驴子。

它心知肚明,

对自己说(瞧,它见过世面!):

"凡是敌人夸赞的人物,

绝对不能依靠。"【名师点睛:狮子识破了雪豹的阴谋,没有派驴子去和猫谈判,因为狮子明白,凡是敌人称赞的人物,绝对不能依靠。讽刺了狮子和雪豹狡猾奸诈、工于心计的丑态。】

Z 知识考点

1.填空题。

狮子和雪豹进行大战的原因是＿＿＿＿＿＿。为了达到休战的目的,雪豹派出的谈判员是_____,狮子派出的谈判员是_____。

2.判断题。

(1)雪豹派出的谈判员是猫,狮子派出的谈判员是驴子。（　　）

(2)狮子和雪豹为了争夺地盘身心疲乏,准备签订一项和平条约。

（　　）

3.问答题。

狮子为什么没有委派驴子参加和谈?

_____

_____

阅读与思考

1.为什么雪豹和狮子要休战?

2.为什么雪豹称驴子是狮子手下最有才能的?

149

克雷洛夫寓言

分利钱

M 名师导读

为了蝇头小利而斤斤计较，最后顾此失彼酿成大祸的事例并不少见。就如本文中的几个商人，他们正在分利钱的时候，店铺突然失火，他们不去救火，还在争吵着先分钱，结果可想而知……

几个诚实的商人合伙开了一家店铺，

赚得盆满钵满。

于是，大家就聚在一起分利钱。

分利钱哪有不吵得脸红脖子粗的，

不吵就没法将财物分好。【名师点睛：点明分利钱肯定会出现吵闹的场面，为下文几个商人不顾大局而争吵不停埋下伏笔。】

忽然，有人惊叫楼房失火，

一个商人当即呼喊：

"快！快抢救货物和店铺，

账目以后再算！"【名师点睛：面对店铺失火，这个商人表现得还算明智。】

另一个商人却嚷嚷道：

"我绝不离开这里，

必须先给足我一千块！"

第三个商人连吵带嚷：

"得补给我两千块!

看,账册上写得很清楚!"

"不,我们不同意,

这是怎么算的?为什么这么算?"【名师点睛:这两个商人的话语和态度令人寒心。面对突发大火,他们还想着自己的那点利益。这种只顾眼前利益的人,最后只会失去更多。】

他们吵来吵去,忘记了大火,

结果人和财物都被浓烟吞噬了。

人们只顾各自利益,

不能团结一致,

结果不仅不能完成大事,

还会毁了所有人的前途和利益。【名师点睛:警示那些鼠目寸光、自私自利的人,若不能同舟共济,最终定会一无所有。】

知识考点

1.填空题。

几个商人在分利钱,店铺突发大火,第一个商人要求:_____ _____;第二个商人要求:_____;第三个商人要求:_____。

2.判断题。

(1)几个商人合伙做生意赚了很多钱。　　　　　　(　　)

(2)店铺失火后,一个商人呼喊着抢救货物,其他商人都逃跑了。

(　　)

3.问答题。

这个故事告诉了我们什么道理?

151

▶ 克雷洛夫寓言

驴子和夜莺

M 名师导读

世上最可怕的，就是自以为是的人对一些他不了解的事发表看法。如果你遇到这样的人，最好的办法就是躲开，而且躲得越远越好。就如本文的驴，它一点都不懂音乐，竟然评判夜莺的曲调，结果沦为笑柄。

驴子遇到夜莺，对它说：

"我的朋友，听说你的歌声令人心旷神怡，

我很想聆听一番，看你唱得怎么样，

是不是真像人们所形容的那样了不起。"【写作借鉴：语言描写，表现出驴子对夜莺的歌声充满好奇。】

夜莺当即开始施展歌喉：

时而悠扬，时而高亢，时而低吟；

时而如同远方满含忧愁的芦笛声响，

时而又化作无数细小的音符在林间飘荡。

这时，山川万物都在聆听着妙曲：

百鸟寂然无声，牛羊静卧在地，

牧人凝神屏息，驻足谛听，

偶尔才向牧女露出笑意。【写作借鉴：侧面描写。从侧面烘托出夜莺歌声的迷人。】

夜莺的歌声停止了，

驴子庄严地点点头,

做出了它的评判:

"确实不错,人们说得有点根据,

你的歌声值得欣赏。

只是有一点很可惜,

你不认识我们的公鸡,

要是你跟它学上两手,

你的本领就更了不得。"

听到这样的评价,

夜莺只好拍着翅膀朝远方飞去。

啊!上天!

别再让我们听到驴子的评语。【名师点睛:夜莺不屑回应和反驳驴子无知的话,默默离去。自以为是的驴子以为自己对夜莺歌声的评价很有水准,殊不知,它的无知已沦为大家的笑柄。这讽刺了那些不切实际、自以为是的人。】

Z 知识考点

1.填空题。

夜莺的歌声时而悠扬,时而_____,时而_____;时而如同_____芦笛声响,时而又化作无数细小的音符在林间飘荡。

2.判断题。

(1)夜莺的歌声令牧人凝神屏息,驻足谛听。　　(　　)

(2)夜莺跟着公鸡学过唱歌。　　(　　)

3.问答题。

夜莺听到驴子的点评后有何反应?

_____

_____

▶ 克雷洛夫寓言

倒霉的农夫

M 名师导读

遇到困难时,不能把希望都寄托在别人身上,自己的道路必须靠自己开拓。就如本文中的农夫,他一夜之间从富有变得贫穷,周围的亲朋好友不但没有给予实质性的帮助,还说风凉话或是假装大方,这让农夫饱尝世人的薄情。

在一个秋天的晚上,贼钻进了农夫的宅院。

他溜进储藏室,把地板、顶棚、墙壁肆意掘了个遍。

席卷了农夫的家当!

农夫倒了霉,由富变穷只在一夜间;

他几乎得去行乞讨饭。

农夫痛苦又伤心,

请来了亲朋好友和街坊四邻。

"请帮帮我吧!"他提出请求。

于是大家七嘴八舌,都想为他出谋划策。

亲家卡尔贝奇首先开口说:

"哎呀,亲家,你不该到处炫耀家里有多么富裕。"

老朋友克里梅奇接着说:

"老弟,修贮藏室可是有诀窍的,

不能离卧室太远!"【名师点睛:老朋友的话只是马后炮,对农夫

起不了半点儿作用。】

"哎呀，老哥们儿，

你们都没有说到点子上！"

邻居福马慢条斯理地说，

"问题不在贮藏室的远近，

养几只狗看家护院才是至关重要的！

我家的茹奇卡生了一窝狗崽，

你明天到我家去抱一只，喜欢哪只抱哪只，

省得我把它们扔掉。"【名师点睛：邻居福马将自己不要的东西给农夫，表明邻居是"假大方"，少真诚。】

亲朋好友的建议实在不少，

但实际的帮助一点也没有。

一旦你遭遇不幸，

就能体会到世态炎凉，

他们会表示同情甚至出主意，

但只要你提到实际的帮助，

就连最要好的朋友，也会变得又哑又聋。【名师点睛：结尾处剖析了对于友谊和亲情的看法，体现出作者的一种渴望——对人间温情的希冀。】

Z 知识考点

1.填空题。

农夫家被盗得一无所有，他向＿＿＿＿＿和＿＿＿＿＿求助，可他们只会＿＿＿＿＿，＿＿＿＿＿一点也没有。

2.问答题。

农夫变成穷光蛋后是怎样的心情？他是怎么做的？

▶ 克雷洛夫寓言

苍蝇和路人

M 名师导读

　　有些人为了彰显自己的善良，喜欢热情、主动地帮人做事。他自以为出了很大的力，其实什么事情都没有做好，有时候甚至给别人增添了很多不必要的麻烦。就如本文中的苍蝇，不但没有出力推马车，还一个劲儿地嗡嗡乱叫，令人厌恶。

　　七月的一个中午，
　　烈日炙烤着大地。
　　四匹马拉着一辆车在一段沙路上爬坡，
　　车上载有贵族老爷一家和行李。【写作借鉴：细节描写。炎热的天气、沉重的行李、沙路、爬坡，处处体现出马步履艰辛，也为下文马"不愿意再动弹一下"做铺垫。】
　　马已经筋疲力尽，
　　任凭车夫想尽办法，
　　它们也不愿意再动弹一下。
　　车夫和仆人一起用鞭子抽打马，
　　但是马还是一动不动。
　　老爷、太太，他们的儿子、女儿，
　　还有家庭教师都不得不下车，
　　由此可知这辆车该有多么重。

这时候，有一只苍蝇飞过来了，

见此情景，它不帮忙可怎么行？【名师点睛：用反问句体现了苍蝇乐于助人的特点。】

于是苍蝇挺身而出，

绕着马车团团转，

嗡嗡叫着助阵：【名师点睛：苍蝇不遗余力上前来"帮忙"。】

一会儿在马的额头上叮一下，

一会儿在马的鼻子上空盘旋，

一会儿趴在马车夫的座位上，

一会儿又离开马车来到人群中。【写作借鉴：此处运用排比讽刺了苍蝇"帮忙"的过程，像这样的帮倒忙实则是对马的困扰。】

只是有件事真让它失望，

竟然没有一个人，想请它帮任何忙。

几个仆人跟在车后胡诌乱扯，

家庭教师陪太太在窃窃私语，

老爷自己呢，忘记了一家之主的职责，

竟然和女仆们到松林里去采晚餐吃的蘑菇。【写作借鉴：暗讽。艰难前行的马代表劳苦大众，仆人、教师、贵族及他们的孩子分别代表统治阶级的各个阶层。马在奋力向前，这些人却袖手旁观，形成强烈的对比。】

而那只苍蝇一直嗡嗡叫个不停，

说为这一切操心的就只有它。

马终于一步一步地挪到了大路上。

苍蝇说："好啦，谢天谢地！

请各位上车坐好，祝你们一路顺利。

我已经累得够呛，该找个地方好好休息了。"【名师点睛：苍蝇没有帮上一点儿忙，马终于将车辆挪上大路，苍蝇却来抢占功劳，真是没有自知之明。】

157

▶ 克雷洛夫寓言

世上这样的人很多，

他们喜欢处处露一手，

即使没有人提出请求，

他们也要来瞎忙活一场。

Z 知识考点

1.填空题。

马载着人和行李沿着沙路在上坡处艰难地前行,一只苍蝇_____，绕着马车_____,_____着助阵。当马终于一步一步地挪到了大路上,苍蝇说它_____,该找个地方好好休息了。

2.判断题。

(1)马车拉着贵族老爷一家和他们的行李在草地上艰难前行。
(   )

(2)贵族老爷和家庭教师跑到松林去采蘑菇了。   (   )

3.问答题。

马在奋力前进时,随车的人在干什么?

_____

_____

Y 阅读与思考

1.苍蝇是怎样"帮助"马的?

2.你觉得马会感谢苍蝇吗?为什么?

158

狼和狐狸

M 名师导读

己所不欲，勿施于人。有些人表面上热情、真诚，实际上却不肯为别人做一点有用的事，只是嘴上随便说说。就如本文中的狐狸，表面上热情大方，实则冷漠自私，这种虚伪做派实在令人作呕。

自己不要的东西，

我们常常拿来送人。【名师点睛：开篇指出生活中的一种现象。】

现在，我想用一则寓言来说明这个道理，

因为直截了当地讲述容易引起人们的反感。【名师点睛：作者考虑充分，为了使读者更好地接受，决定用寓言委婉地点明道理。】

一只狐狸在鸡窝里吃了个饱，

又把一堆零碎好肉贮藏好。

到了傍晚时分，躺在草垛下睡大觉。【名师点睛：交代故事发生的背景。】

突然，一只饿狼走了过来。

狼说："亲家，我真是倒霉透了！

跑了一圈连块骨头都没找到，

饥饿折磨死人哪！

狗凶得要命，牧人也不打盹儿，

克雷洛夫寓言

我只好去上吊。"

"真的吗？"【名师点睛：狐狸对狼的话半信半疑，随便应付着狼。】

"嗯，没和你开玩笑！"

"可怜的亲家，请不要这么想。

我这里有整垛整垛的干草，你要不要？

我可以都送给你。"【名师点睛：狐狸表面上热情大方，实则冷漠自私。狐狸自己已经吃饱了，面对饥饿的狼，也没舍得拿出自己贮藏的鸡肉来分享，却装作大方地要送给狼它并不需要的干草，让人唏嘘。】

干草怎么会对饿狼起作用呢？

它就是想弄点肉尝尝。

但是狐狸对贮存的肉只字不提，

于是我们可怜的狼，

听够了亲家的同情安慰话，

还是饿着肚子回家了。

Z 知识考点

1.填空题。

饥肠辘辘的狼找到了狐狸，希望狐狸能给它一些_____，而狐狸却把自己不需要的_____送给它，对于贮藏的鸡肉_____。

2.判断题。

（1）狐狸吃饱之后，在一棵大树下睡着了。　　　　　（　　）

（2）狐狸将一些干草和鸡肉给了饥饿的狼。　　　　　（　　）

3.问答题。

狼说自己倒霉，它为什么倒霉呢？

_____

_____

机械师

> **M 名师导读**
>
> 　　想法不切实际，又有一气干到底的疯狂念头，这种人只会把事情办得更糟。本文中的机械师，他的别墅什么都好，就是离小河远了点；于是他想要让房子像四轮马车一样动起来。他的计划实现了吗？

　　有一个年轻的机械师购置了一栋别墅，

　　房子虽然很古老，但很结实、舒适，

　　而且设计也很别致。

　　唯有一点令他不满意——

　　房子离小河有点远。【名师点睛：介绍了别墅的特点与令人不满意的地方。】

　　年轻人心想："没关系！

　　房子已经是我的，

　　可以任由我来改建，

　　我要用机械把房子移到河边。

　　只要把房子的地基下面挖空，

　　再铺上轨道，放上滚轴，

　　然后再用绞盘来挪动房子，

　　想挪到哪儿都行。【名师点睛：体现了机械师的专业与疯狂。】

　　这是世上史无前例的事。

▶ 克雷洛夫寓言

在挪动房子的时候,

我要播放音乐,

并且还要跟朋友们在房子里饮酒欢唱,

就像乘坐马车和轮船一样。"【写作借鉴:心理描写。机械师计划让房子动起来,想得简单又美好。】

年轻人对自己的奇异想法十分着迷,

主意已定,便要付诸实施。

他马上雇人干了起来。

不停地掘地,毫不吝惜钱财和精力。

但那座房子无论如何也拉不动,

到最后,稀里哗啦散了架。

人们常常想出一些新主意,

那些疯狂的、荒唐的想法永远不能成真!【名师点睛:有想法是一件好事,但不是所有想法都能实现,善于思考的同时还要切合实际。】

知识考点

1.填空题。

年轻人的职业是_____。他的房子令他不满意的地方是_____,在他迁移房子的过程中,房子_____。

2.判断题。

(1)机械师购置了一栋很破旧的别墅,他想翻新一下。（　　）

(2)机械师是一个容易冲动行事并且不愿放弃的人。（　　）

3.问答题。

这幢别墅有什么特点?

_____

_____

花

M 名师导读

风雨是去伪存真的"利器",它让假花失去美丽,使真花越发俏丽。人也是如此,唯有经历风雨的考验,才能显出真正的品质。

在一幢装饰豪华的房子的窗台上,
插在瓷瓶里的几枝假花,
与栽在彩陶盆里的真花,并排摆着。
假花被铁丝做成的茎支撑着,傲慢地不停摇摆,
向大家展示着它那惊人的美丽。【名师点睛:表现了假花骄傲、爱慕虚荣的特点。】
忽然下起了雨,雨溅在假花上,
绸布做的假花马上请求宙斯:
"宙斯,你让雨快停下吧!
雨水又有什么用处?
世上还有什么比它更令人讨厌?
你看,因为有了它,
路上到处是污泥和水洼,
人们无法行走。"【写作借鉴:语言描写,讽刺假花的无知与自私。】
可宙斯并没有听从假花的诉求,
雨继续洒落大地,

克雷洛夫寓言

它驱除酷暑，使空气凉爽，

大自然又充满了生机，

一切绿色的植物焕然一新。【名师点睛：雨水给大地以清凉和生机，体现了雨水的奉献精神。】

这时，窗前所有的真花绽放着自己全部的美，

经过雨水的洗礼，

它们变得更加芬芳、清新和柔软。

而可怜的假花从那一刻起，

就失去了昔日的美丽，

被当作垃圾扔到了院外。【写作借鉴：巧用对比。一番风雨后，真花更加芬芳、清新和柔软；假花垂败，失去了昔日的美丽。】

真正的天才，

不会恼恨别人的批评；

批评无损于他们的美。

只有假花才害怕风雨。【名师点睛：有真才实学的人不会因为受到批评而动怒，因为批评并不会妨害他们的美丽。】

知识考点

1.填空题。

假花被雨水淋后，＿＿＿＿＿＿＿＿＿＿，被当作垃圾扔到了院外；真花因为雨水的洗礼变得＿＿＿＿＿＿＿＿＿＿＿＿＿＿＿＿。

2.判断题。

（1）假花和真花都插在卧室窗台上的瓷花瓶里。　　（　　）

（2）雨水驱散了夏天的炎热，还使空气凉爽，大自然又充满了生机。

（　　）

农夫和蛇

M 名师导读

我们在帮助别人时也要学会分清好坏,不要与坏人打交道,不给坏人可乘之机,才能有效地保护自己。就如本文中的农夫,一条蛇想住进农夫家,并表示愿意给他当保姆,还夸赞自己很善良,但农夫还是拒绝了它。因为他知道,坏人伪装得再好,他们的本性也不会改变。

一条蛇恳请农夫让它住进家里,

它愿意给农夫当保姆或做其他事,

它知道劳动挣来的面包更香甜!【名师点睛:蛇懂得只有付出才会有收获,农夫会答应蛇的请求吗?】

蛇说:"我知道在人类眼中,蛇名声不好。

所有蛇都被认为性情凶狠。

自古以来就有传闻,说我们不知报恩,

没有友谊和亲情,

甚至连自己的孩子也吞。【名师点睛:说明蛇的坏名声广为人知,也直接表明了蛇的本性。】

虽然这些事确实发生过,

但我可不是那样。

我生来就不咬人,并且疾恶如仇,

总之,我比所有的蛇都善良,

克雷洛夫寓言

我一定会爱护你的孩子，请你放心！"【名师点睛：蛇努力自夸，想博得农夫的信任。】

农夫听了回答说：
"即便你没有说谎，
我也不能让你进家门。
一旦为你开了先例，
就会招来成群的毒蛇，
这将给我的孩子们带来灾祸。
因此，我不能与你和平相处。
在我看来，
你住到谁的家里都不适宜！"【名师点睛：不难看出农夫是一个有头脑的人，他有坚定的立场。俗话说"江山易改，本性难移"，即使恶人说得再好听，他们的本性也不会改变。】

朋友们，你们可明白，
我说这些话的含义？

知识考点

1.填空题。

蛇在人类那里声名狼藉，它们＿＿＿＿＿＿，没有友谊与亲情，甚至＿＿＿＿＿＿＿＿＿＿。

2.判断题。

农夫不允许蛇进入自己的家，尽管蛇说它是一条善良的蛇。（　　）

3.问答题。

农夫为什么不让蛇进入家门？

农夫和强盗

> **M 名师导读**
>
> 　　强盗有"怜悯之心",还能当"慈善家",你相信吗?本文中的强盗就是这样,他打劫了农夫的财物,在农夫伤心之时,又动了"怜悯之心",还"送"给农夫一些自己用不上的东西,这是真的慈善吗?

　　一个农夫去集市购置家当,
买了一头奶牛和一个挤奶桶。
他牵着牛提着桶往家里赶,
在穿过一片茂密的树林时,
突然遭遇一个强盗,
农夫被抢掠一空。
"完了!你把我害惨了。"
农夫失声痛哭,
"我攒了整整一年的钱,
就是为了买一头奶牛,
而今却遭了你的抢劫。
我一年的辛苦化为乌有。"【名师点睛:体现了农夫的悲伤之情。】
"得啦,别再跟我哭穷,"
强盗说着,动了怜悯之心,【名师点睛:这是有力的讽刺,一个强盗怎会有怜悯之心呢?】

> 克雷洛夫寓言

"反正我也不挤牛奶,

我把挤奶桶送给你。"【名师点睛:强盗抢劫了农夫的财物,竟然堂而皇之地以"物主"身份将自己不用的东西"送"给农夫,短短几句话,就把强盗的伪善刻画得淋漓尽致。作者对人性的揭露手法实在高妙,令人称绝!】

Z 知识考点

1.填空题。

一位农夫从集市上买了_____ 和_____ ,经过_____ 时,被一个强盗洗劫一空。

2.判断题。

(1)农夫为买奶牛攒了整整两年的钱。　　　　　(　　)

(2)强盗良心发现,把挤奶桶还给了农夫。　　　　(　　)

3.问答题。

强盗为什么把挤奶桶"送"给农夫?

_____

_____

Y 阅读与思考

1.农夫被抢劫后是怎样的心情?

2.你觉得强盗把挤奶桶还给农夫的行为能为他减轻罪行吗?

狮子捕猎

> **M 名师导读**
>
> 本文中的狗、狮子、狼和狐狸称兄道弟,但在利益面前,狮子却露出了尖爪,根本不顾及所谓的"情分"!

不知怎么回事,

狗、狮子、狼和狐狸居然成了邻居。【名师点睛:狗、狮子、狼和狐狸成了邻居,确实是不可思议的事,它们之间会发生什么事呢?】

而且,它们还定下了一个规矩:

要一起捕猎,并且平分猎物。【名师点睛:这个规矩是否能起作用呢?看完整个故事,你会发现这个规矩令人发笑。】

狐狸首先逮住了一头麋鹿。

于是,它召唤其他的伙伴,

让大家来平分猎物。

大家都来了。

分割猎物由狮子操刀。

它搓了搓自己锐利的尖爪,

看了看其他伙伴,开口说道:

"弟兄们,咱们一共是四个。"

说着,他就把猎物分成四份。

"现在开始分配猎物,各位兄弟:

克雷洛夫寓言

这一份归我是根据咱们的协议；

第二份是我身为狮王应得的，无须争议；

第三份更应属于我，因为我最有力气；

至于第四份嘛，你们当中谁要是敢伸出爪子，

就别想活着回去。"【写作借鉴：语言描写。狮子的霸道无理点明了主题，所以不要对坏人心存幻想，更不要与其称兄道弟——在利益面前，他一定会原形毕露。】

Z 知识考点

1.填空题。

狗、狮子、_____和狐狸成为邻居，它们定下了一个规矩：相互配合一起捕猎，并且平分猎物。_____首先捕到了猎物，最后却让_____霸占了整个猎物。

2.判断题。

（1）狼逮住了一头麋鹿。　　　　　　　　　　（　　）

（2）狮子独占了整个猎物。　　　　　　　　　（　　）

3.问答题。

狗、狮子、狼和狐狸定的规矩是什么？

_____

_____

Y 阅读与思考

1.狮子分猎物的理由有哪些？

2.你从这个故事中懂得了什么道理？

好心的狐狸

M 名师导读

　　真正好心的人不会高谈阔论，只会默默行事。而那些口蜜腹剑、包藏祸心之人，我们就得多些提防，少些轻信。就如本文中的狐狸，它的道德演讲说得头头是道、条条在理，只希望别人做好事，却改变不了自己坏人的本质。

　　一个猎人打死了一只知更鸟。
　　如果不幸就此结束也就算了，
　　不料，知更鸟还有三只幼雏，
　　它们没有妈妈照料，也面临着死亡。【名师点睛：交代故事的起因，推动故事情节向前发展。】
　　小鸟刚刚出壳，饥寒交迫，
　　悲鸣声声，呼唤妈妈，
　　然而叫也徒劳。【名师点睛：表现了雏鸟失去妈妈之后的悲惨之状。】
　　树下蹲着一只狐狸，它仰望着鸟巢，
　　开口对众鸟儿说：
　　"看到这些雏鸟，怎能不让人心生怜悯？
　　怎能不让人心生悲痛？
　　各位亲友，千万别丢弃这些孤儿！
　　你们哪怕只给它们一粒粮食也好，

克雷洛夫寓言

哪怕只给它们的巢里添一根干草，

也是在挽救它们的生命，【名师点睛:狐狸是真的动了怜悯之心吗？狐狸是真的关爱这些雏鸟吗？我们继续往下看。】

这可是天大的功德呀！

布谷鸟啊！看你的羽毛多丰满，

拔几根来给它们铺成巢垫，

不然，那些羽毛也是白白浪费。

云雀啊！不要在林梢来回飞翔，

你快去庄稼地或谷场，

弄点谷粒来，让它们把肚子填饱。

母鸽啊！你的孩子们羽翼已丰满，

它们自会觅食，有老天照管。

你搬到孤儿们那里去吧，

给它们一点母爱的温暖。

燕子啊！捉几条虫子去吧！

好给孤儿们加加餐。

夜莺啊！你是歌星，誉满林间，

你看，风吹得那巢摇摇晃晃，

你去唱支歌儿为它们催眠。

你的温情一定会把它们痛苦的心温暖，

我完全不怀疑这一点。

听我的话吧！让我们证明我们有着善良的心地……"【名师点睛:狐狸的道德演讲,说得头头是道、条条在理,它自己会做到言行一致吗？】

狐狸的话还没有说完，

小鸟们已饿得头晕目眩，

从树上掉下，正掉在狐狸面前。

这只狐狸是怎样做的呢？

狐狸毫不犹豫地吃了它们。【名师点睛：前面狐狸说"让人心生怜悯""让人心生悲痛"，现在狐狸却吃了三只小鸟，前后言行形成强烈的反差。你是否会对狐狸的这个举动感到诧异呢？】

读者啊，你不必惊讶。
真正善良的人，从不多话，
他们只办好事，不矜不夸。
谁把善良挂在嘴边，
只是希望别人来做好事，
因为这样不会给自己造成损失。
事实上，这种高谈阔论的人，
完全像这只狐狸。

Z 知识考点

1.填空题。

狐狸奉劝布谷鸟、_____、_____、_____和_____照顾三只知更鸟。

2.判断题。

(1)三只知更鸟刚破壳就没有了妈妈。　　　　　　　(　　)

(2)三只知更鸟饿得头晕目眩，从巢里掉下来，被狐狸吃了。(　　)

3.问答题。

三只知更鸟为什么会没有妈妈？

_____

_____

Y 阅读与思考

从这篇故事中，你明白了什么？

▶ 克雷洛夫寓言

狮子和狼

M 名师导读

鲁莽行事的人一定会为他的愚蠢付出惨重的代价。就如本文中的狼,它看不清形势,被表面现象所迷惑,所以丢掉了性命。

狮子捉住了一只羊羔,
准备大吃一顿。
一只小狗围着狮子的餐桌转来转去,
趁狮子没注意飞快地从狮子的利爪下捞走了一块肉。
凶猛的狮子看了小狗一眼,没有理睬它,
狮子觉得这只小狗年幼无知,可以原谅。
一只狼见此情景,心中暗自揣测:
<u>狮子的性格似乎很温顺,</u>
<u>它肯定并不怎么厉害。</u>【写作借鉴:心理描写。狼对狮子的表面进行了判断,因为判断失误,导致狼丢了性命。】
于是狼也伸出一只爪想去抓块羊肉吃。
这一下,狼可倒了大霉,
狮子大吼一声,
用利爪在狼身上一插,
狼就咽气了。
狮子把狼撕成碎片,

自言自语说道：

"朋友，你真不该效仿狗崽，

你以为我会纵容你吗？

狗崽年幼无知，

而你这么大了，应该懂事了！"【名师点睛：狼的下场如此悲惨，完全是咎由自取。它被表面现象所迷惑，看不清形势，贸然越界，挑衅权威，所以遭受了最严厉的惩罚。】

知识考点

1.填空题。

狮子的食物是_____，一只小狗趁狮子没注意飞快地从狮子的爪下捞走一块肉，狮子_____。狮子只觉得小狗_____，可以原谅。

2.判断题。

(1)狮子的佳肴是一只兔子。（　　）

(2)一只小狗在狮子的利爪下捞走了一块肉。（　　）

3.问答题。

狼将爪子伸向狮子的食物之前心里是怎样想的？

_____

_____

阅读与思考

1.为什么狮子能容忍狗崽偷吃它的食物呢？

2.这篇故事告诉了我们什么道理？

175

克雷洛夫寓言

蜘蛛和风湿病

M 名师导读

到处结网的蜘蛛,在富人那儿找不到落脚之处,却能在穷人这里安家;风湿病在穷人那里无可奈何,却能在富人身上大逞威风。这是为什么呢?

冥王生下了蜘蛛和风湿病这对兄妹,
拉封丹曾将这一消息告诉给全世界的人们。
时间流逝,兄妹俩渐渐长大,
已经到了自立门户的年纪。
尽管父亲勤劳善良,
但养育没有工作的子女也并不轻松!
它们被父亲派往人间去谋生,【名师点睛:交代故事发生的起因。】
父亲嘱咐它们说:"孩子们,
去人间找一个立足之地吧!
我对你们寄予厚望,
你们一定要让全世界的人都万分厌恶你们,
不要给我丢脸。
你们从这里出发向前,
看你们如何为自己选择处所?
瞧,一边是一贫如洗的茅草棚,

另一边是雄伟壮观的宫殿，

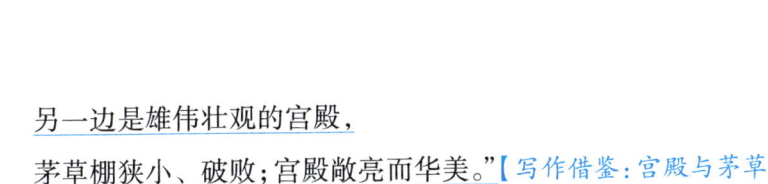

茅草棚狭小、破败；宫殿敞亮而华美。"【写作借鉴：宫殿与茅草棚，这里分别象征着富贵与贫穷。】

哥哥蜘蛛说："我不去茅草棚！"

妹妹风湿病说："我不喜欢大宫殿，

就让哥哥去住吧。

我喜欢远离药房的乡下，

因为医生会把我赶出富豪的家，

让我无处安身。"

商量好后，兄妹俩来到了人间。

蜘蛛住进华丽的宫殿，

一会儿在有着漂亮雕饰的柜子边结一张网，

一会儿在涂有金粉的屋檐下结一张网，

准备捕捉苍蝇。

在天亮之前，

蜘蛛做好了所有的准备工作。

谁知来了一个仆人，

他用掸子掸去了所有的蜘蛛网。

蜘蛛不急也不躁，

又把家搬到了壁炉附近，

竟又被扫把从那里清理出去。

可怜的蜘蛛东躲西藏，

却总被扫把或羽毛掸子发现，

结好的蛛网全被撕开扯破。

绝望的蜘蛛出了城，

打算去见它的妹妹。【名师点睛：蜘蛛虽然住进了华丽的宫殿，但是它的日子并不安心。】

177

克雷洛夫寓言

它想:"妹妹在乡下准像个女王!"
谁知到了乡下一看,
妹妹的日子比它更惨:
妹妹寄生在一个农夫身上,
不得不整天跟随他砍柴、挑水。
老百姓都知道,身患风湿病的话,
活动得越多,好得越快。【名师点睛:风湿病不堪折磨,体现了广大底层民众的勤劳,从侧面表达了对劳动人民的赞美。】

妹妹说:"不,哥哥,
我再也不想在乡下生活了。"
哥哥听了,十分高兴,
它们交换住所:
蜘蛛爬进了农夫的茅草棚,
把自己的家当归置利落,
不用担心羽毛掸子和扫把,
架子上、墙上、角落里织满了蛛网。
风湿病告别村庄,抵达城市,
进入一处最豪华的大宅,
扑向一个白发富翁的腿。
它终于找到属于自己的天堂,
一天到晚寄居在老人的身体中,
再也不用离开绒毛褥子。
从此,风湿病和蜘蛛再也没见面。【写作借鉴:兄妹俩交换住所后,蜘蛛幸福地生活在农夫家,风湿病惬意地依附在富翁身上,日子过得跟之前截然不同,两者形成了鲜明的对比。这也是对富人孱弱体质的讽刺。】

它们都很满意自己的生活。
蜘蛛在又脏又乱的茅屋里随处结网,

风湿病在富人家里游来游去。

总而言之，兄妹两个，

各得其所，各逞其能。

Z 知识考点

1.填空题。

蜘蛛和风湿病是_____的子女。最后，_____能在农舍里随处结网，_____能让富人纷纷患病,兄妹两个自此再没相见。

2.判断题。

(1)蜘蛛是风湿病的弟弟。（ ）

(2)最后,蜘蛛住在了茅草棚,风湿病进了豪华的大宅。（ ）

3.问答题。

冥王为什么要把蜘蛛和风湿病派往人间？

_____

_____

Y 阅读与思考

1.蜘蛛在华丽的宫殿里遭遇了什么？

2.风湿病在农夫的茅草棚里过得怎么样？

▶ 克雷洛夫寓言

诬 陷

🅜 **名师导读**

　　能够主动承认错误的人常会在反思中不断进步，而喜欢推卸责任的人总是认识不到自己的错误，不会有所改变。就如本文的教徒，因为偷吃鸡蛋，被长老逮了个现行，却还在狡辩不是自己所为，这样的人不会被社会所认可，最终会失去信誉和尊严。

<u>有的人犯了错误后，</u>
<u>总喜欢把责任推到别人身上。</u>【名师点睛：先提出观点，再引入事例。】
而且常常这样说：
"如果不是他，我脑子里不会想到这样做。"
假如找不到什么人可以推责，
就说是受了魔鬼的指使，
尽管魔鬼没有在场。
现在我就给你们讲一个故事。

很久以前，东方有一个教徒，
他总是对别人说，自己是一个虔诚的人，
可事实并非如此。
在他修行的庙里，

还有一些和他一样的伪君子。【名师点睛：谴责了那些虚伪的教徒。】

这些虚伪的教徒最害怕他们的长老。

因为他们的长老不给触犯教规的人留情面，

教徒们都谨小慎微、恪守本分。

这个教徒却满不在乎。

一天，他突然想吃荤，

于是偷来一个鸡蛋。

等到深更半夜，所有人都睡熟了，

他点亮了烛火，一边把鸡蛋放在火苗上烤，

一边目不转睛盯着鸡蛋，

想着大口吃鸡蛋的味道，

他还讥笑长老，说：

"你可捉不到我的把柄，

我的长胡子朋友！"【写作借鉴：心理描写。表明教徒为自己的小聪明而沾沾自喜。】

就在这时，长老突然闯了进来，

他亲眼看见了这种罪过，

厉声地要教徒认罪，

当场看到证据，

想不认罪也迟了。

"饶恕我吧，长老，请宽恕我的罪过吧！"

教徒痛不欲生地哭喊道，

"我自己也不知道怎么会受到这种诱惑，

唉,这都是该死的魔鬼唆使我的结果！"【写作借鉴：语言描写。教徒在事实面前还在狡辩，为自己开脱，刻画出一个巧言令色的小人形象。】

这时，一个小鬼从壁炉后边钻了出来，

> 克雷洛夫寓言

生气地说：

"你不害臊吗？每次都诬陷我们。

在蜡烛上烤鸡蛋，我还是第一次看见。"

Z 知识考点

1.填空题。

不虔诚的教徒很害怕他们的长老，因为长老＿＿＿＿＿＿＿＿＿＿

＿＿＿＿＿＿，所以，教徒们都＿＿＿＿＿＿、恪守本分。

2.判断题。

（1）这个教徒总喜欢把责任推卸到别人身上。　　　　（　）

（2）这个教徒偷来鸡蛋，生起炭火，把鸡蛋放在火苗上烤。（　）

3.问答题。

这个教徒推卸责任时总会说哪些话？

＿＿＿＿＿＿＿＿＿＿＿＿＿＿＿＿＿＿＿＿＿＿＿＿＿＿＿＿＿＿

＿＿＿＿＿＿＿＿＿＿＿＿＿＿＿＿＿＿＿＿＿＿＿＿＿＿＿＿＿＿

Y 阅读与思考

1.教徒偷吃鸡蛋被长老撞见时，是什么反应？

2.教徒是怎样解释他的罪过的？

阿尔喀得斯

名师导读

如果和"纷争"争斗一番，它就会膨胀得越大，以至于无法控制。解决纷争最好的办法就是大而化小，小而化了，或是置之不理，让它慢慢消逝。文中的阿尔喀得斯遇到了一个奇怪的小东西，那东西越受击打越膨胀，这是怎么回事呢？

年轻有为的阿尔喀得斯，

因孔武有力、英勇过人而天下闻名。【名师点睛：简单介绍人物形象，自然引出下文故事。】

一天，他走在悬崖峭壁间，

一条险峻而狭窄的小道上，

突然，他看见路上蜷缩着一个像刺猬的东西。

"这是什么呢？"阿尔喀得斯觉得奇怪，

他用脚踩了一下，

不料那东西膨胀了一倍。

勇士怒不可遏，

抡起手中的粗木棍就是一顿连击，

说来也怪，那东西越打越大，

最后竟变得硕大无比，令人恐惧：

挡住了阳光，遮蔽了视线。【写作借鉴：设置悬念，到底是什么

▶ 克雷洛夫寓言

东西呢？引起读者的阅读兴趣。】

由于惊奇，阿尔喀得斯呆立不动。

就在这时，女神雅典娜突然来到他跟前。

她说："我的兄弟，

你最好停止这没有结果的行为，

这怪物的名字叫作'纷争'，

你若不去碰它，

它很渺小，你未必能看见它；

可谁要是打算同它争斗一番，

那么，越斗它就越膨胀，胀得比大山还要高。

如果你不理睬它，

它也就自讨没趣地消失了。"【写作借鉴：语言描写。通过雅典娜的话，对上文中阿尔喀得斯遇到的怪东西和诡异情景进行了解释。同时，也升华了主题。】

Z 知识考点

1.填空题。

阿尔喀得斯遇到的怪物叫"＿＿＿"。你若不去碰它，它很＿＿＿，你未必能看见它；可谁要是打算同它争斗一番，越斗它就＿＿＿＿＿，胀得比大山还要高。如果你不理睬它，它也就＿＿＿＿＿地消失了。

2.判断题。

阿尔喀得斯是一个胆小的人。　　　　　　　（　　）

3.问答题。

阿尔喀得斯是怎样处理那个怪物的？怪物有哪些变化？

＿＿＿＿＿＿＿＿＿＿＿＿＿＿＿＿＿＿＿＿＿＿＿＿＿

＿＿＿＿＿＿＿＿＿＿＿＿＿＿＿＿＿＿＿＿＿＿＿＿＿

蚂　蚁

M 名师导读

　　自负的人常常会夸大自己的本领,乐于在他人面前炫耀,并数落别人目光短浅。就如本文中的蚂蚁,它在蚁穴中确实是大力士,备受尊重,但它却不该到集市上去卖弄。这种自负就是无知的表现。

　　有一只力大无比的蚂蚁,
　　据记载,
　　它竟能举起两颗硕大的麦粒,
　　这样的事真是闻所未闻。
　　而且这只蚂蚁还十分英勇,
　　随时随地就能咬死一条蠕虫或蛆,
　　甚至敢独自向蜘蛛发起挑战。
　　因为这丰功伟绩,它备享尊荣,
　　成了蚁穴中的英雄人物。【名师点睛:用记载来言之凿凿地证明这只蚂蚁力大无穷、英勇无比。一方面,说明自己的观点是准确无误的;另一方面,这种亦庄亦谐的口吻,也体现了作者幽默风趣的文风。】
　　我认为过分的赞许有害无益,
　　而这只蚂蚁对阿谀奉承向来深信不疑,
　　后来恭维的词句塞满了头脑,
　　它想入非非要去城里卖艺,

> 克雷洛夫寓言

好卖弄一番自己的神力。【名师点睛:表明蚂蚁喜欢炫耀,并且还有点儿自高自大。】

蚂蚁趁农夫运草时,

傲慢地爬上最大的一辆车,耀武扬威地进了城。

很快,它的傲气受到一次致命的打击!

原本以为市场上的人们会关注它,

像围观杂技一样为它叫好称奇;

但实际上没有人注意到它,

人们都在各忙各的。【名师点睛:幽默感十足,表现了蚂蚁对受到人们关注的渴望,这是对蚂蚁这种自以为是的炫耀心理的讽刺。】

这时,蚂蚁衔起一片树叶,

忽而伏在地上,忽而躬起身体,

可是谁也没看到这只蚂蚁,

最后,蚂蚁累得筋疲力尽。

于是,它跟一只狗搭讪,

那只狗在主人车旁卧地休息。

蚂蚁说:"你们城里人,

有眼无珠,不明事理!

我这话是不是合乎实际?

我衔着树叶在这儿奋力表演了整整一个小时,

竟然没有一个人注意。

要知道,我可是蚁穴里尽人皆知的大力士。"【名师点睛:"奋力表演"是蚂蚁证明自己神力无比的方式,也让读者看到了其内心的自大自负;"蚁穴里尽人皆知"更是把这种自负心理夸大到了极致。】

说完,它无奈地爬回家去。【写作借鉴:"无奈"二字写活了蚂蚁的心态,说明它自始至终都认为它的自负没有什么不对的地方,要怪就怪城里人没有眼光。】

有的人总爱幻想,

自以为声名远播。

其实,他的眼界局限于蚁穴而已。

知识考点

1.填空题。

据记载,蚂蚁可以举起＿＿＿＿＿＿＿＿＿＿,而且它还十分英勇,能咬死一条＿＿＿＿或＿＿＿＿,甚至敢独自向＿＿＿＿＿发起挑战。

2.判断题。

(1)蚂蚁能轻松举起两颗硕大的麦粒,在蚁巢中是大家公认的大力士。（　　）

(2)蚂蚁衔起一片树叶,奋力的表演引来了人们的称赞。（　　）

3.问答题。

蚂蚁进城后,受到了怎样的打击?

_____

_____

阅读与思考

1.蚂蚁回到巢中,会怎样讲述自己进城的遭遇?

2.你想对这只蚂蚁说些什么呢?

▶ 克雷洛夫寓言

麦　穗

M 名师导读

　　庄稼和花卉,对生长环境的要求是不同的。要得到好花,必须在温室中培养;要得到饱满的籽实,大自然的风雨不可或缺。同样的,经受风雨的磨炼对于成长中的青少年很有必要,青少年应学会吃苦,只有吃得了苦,才能茁壮成长。

田地里有一根麦穗,
常常经受风吹日晒与雨淋。
它看到人们悉心照料温室中的花朵,
又想到自己天天在遭受蚊虫、酷暑与严寒的侵袭,
不由得向主人诉苦:
"不知你们人类是怎么想的,
说话办事都根据自己的喜好,
那些看着顺眼的,
就处处满足它的心愿。
然而,那些给你们带来利益的,
你们反倒不喜欢。
你们的主要收入难道不是来自麦子吗?【名师点睛:麦穗发泄了心中的不满。这为下文麦穗列举诸多事实印证自己的观点埋下伏笔。】
看看,你是多么疏于管理耕地!

自从种子被播撒在地里，

你可曾为我们安装篷布抵御风寒？

你可曾吩咐人施肥或杀虫？

你可曾在干旱时为我浇水？

没有吧！我们听天由命地生长，

没有人照管！【写作借鉴：三个问句构成排比，更加突出了麦穗对主人的不满。麦穗为什么这样发问呢？它有什么目的？】

再看看你那些花儿吧，

虽然你不能靠它吃饭、赚钱，

它们却不像我们被抛在野外，

而是舒舒服服地生活在温室里。

要是我们也能受到这样的关心，

会是怎样的结果呢？

我们的产量会在次年提高百倍，

你得用车队才能把粮食运往城市。

想一想吧，抓紧为我们修一座大温室吧。"【写作借鉴：设问修辞。麦穗为赢得主人的关心和同情，列举了诸多事例。麦穗提出这些问题的目的很明确，就是想要改变自己"被抛在野外"的境遇。主人会怎样看待这种要求呢？】

"我的朋友，"主人回答，

"看得出，你们没发现我的辛勤。

请相信我最为关心的就是你们。

我为你们开垦荒地，辛勤施肥，

清除杂草，忙个没完没了，

你要是知道就好了。【名师点睛：面对麦穗的抱怨，主人对其进行了有理有据的驳斥，他的回答简明有力。"没完没了"一词，生动表现了主人照顾庄稼的辛劳程度。】

▶ 克雷洛夫寓言

现在我没时间，也不想多说这些无意义的事。
你该向上天祈求风调雨顺，
假如我听从了你自以为是的劝告，
花朵与粮食都将荡然无存。"【写作借鉴：讽刺了麦穗的无知，因为麦穗并不适合在温室生长。】

我们可以通过这个故事，
来开导那些因与别人攀比而心生抱怨的
善良农夫、质朴士兵和其他普通公民。

Z 知识考点

1.填空题。

庄稼和花卉，对生长环境的要求是不同的。要得到娇嫩鲜艳的花，必须在＿＿＿＿＿＿；要得到饱满的麦穗，就要接受＿＿＿＿＿＿。

2.判断题。

（1）麦穗不适合在温室里生长，它必须得到大自然风雨的洗礼。

（　　）

（2）主人为麦地付出了辛勤的劳动。　　　　　　（　　）

3.问答题。

主人为麦地默默做过哪些事？

_____

_____

Y 阅读与思考

1.麦穗在田地里遭受了什么？

2.麦穗为什么会忌妒温室里的花朵？

作家和强盗

M 名师导读

　　克雷洛夫曾说:"作家通过文学作品散播毒素,哪怕含有轻微的毒素,都比杀人犯、强盗的罪过更大。"这篇故事也是作者对自己的鞭策:如果自己在作品中留下毒素,那么自己情愿到地狱中接受磨难。先贤坚守文学纯洁性的风范,令人景仰。

地狱里,两个人站在判官面前:
一个是打家劫舍的强盗,
被绞死后来到这里;
一个是颇有名气的作家,
他将精心炮制的毒药隐藏在作品里,
令人在不知不觉中接受异端思想,从而堕落,
他的作品如同海妖塞壬(rén)的歌声般动听,
而他也同塞壬般阴毒。【名师点睛:交代故事发生的地点和人物,介绍强盗与作家来地狱的原因及罪行。】
地狱里的审判非常迅速,
判决当庭宣布。
罪犯坐在由铁索吊起的铁锅里,
铁锅的下面堆了许多木柴,
复仇女神麦格拉[形象丑恶且可怕,长舌,蛇发,背上有双翅]

▶ 克雷洛夫寓言

亲自把柴堆点燃，
　　　　　并且煽起可怖的火焰，
　　　　　烧得地狱穹顶的石块都毕剥发响。
　　　　　对作家的判决似乎不够严厉，
　　　　　作家底下开始还只是小小的火苗，
　　　　　但是火越烧越旺。
　　　　　几个世纪过去了，
　　　　　强盗身下的篝火已经熄灭，
　　　　　但作家身下的火势丝毫没有减弱。
　　　　　他忍不住大声号叫，
　　　　　抱怨众神的不公。
　　　　　他说自己在人世间享有盛名，
　　　　　虽然他的写作有点儿放纵，
　　　　　但也罪不至此，
　　　　　他的罪过比强盗还是要小很多。【名师点睛：在烈火的炙烤下，作家并没有认识到自己犯下的罪过有多严重，反而怨天尤人，埋怨众神不公。】
　　　　　这时，女神麦格拉出现在他面前，
　　　　　头发中有几条毒蛇发出咝咝声，
　　　　　手里握着一条血淋淋的皮鞭。
　　　　　她对作家说："你这个不知廉耻的家伙，
　　　　　是你在抱怨众神吗？
　　　　　你想跟强盗比罪过？
　　　　　他的罪过同你相比其实算不了什么，
　　　　　当他活着的时候，
　　　　　由于他专横残暴，
　　　　　他的确是有害的。
　　　　　说到你……你的骨头早就烧成了灰，

可是哪一次太阳升起时，

能够不照见你所造成的新的灾祸？

你的作品的毒素不但没有削弱，

而且，越来越泛滥，越来越厉害！【名师点睛：说明强盗的危害是一时的；低级庸俗的作品的遗毒是世代流传的，突出了作家的罪过比强盗有过之而无不及。】

你瞧（她在这里给作家看看人世百态），

你瞧这些邪恶的行为，

你瞧这些不幸，这些都得归罪于你，

看看那些使全家蒙受耻辱的孩子，

瞧瞧那些失去希望的父母：

他们的头脑和心灵是被什么人毒害的？

——被你。【名师点睛：再一次点明作家罪孽深重。作者认为，作家应该有强烈的社会责任感，文学作品中不能含有丝毫的"毒素"。这既是对当代社会负责，也是为后来的文学创作者树立严格的道德标杆。】

是谁肆意嘲讽婚姻的神圣、长官的威严，

说什么那都是痴儿说梦？

是谁诽谤了正常的社会关系，

鼓吹挣脱社会文明的规范？

——是你。

把无信仰称作文明的不就是你吗？

用挑逗性的美艳的景象，

引诱人去纵欲与犯罪的不就是你吗？

你瞧，整个国家都喝下你的学说的鸩毒，

而你居然敢咒骂众神？

今后你的作品还会在世间引起多少恶行？

你就忍受酷刑吧，这是你应得的报应！"

▶ 克雷洛夫寓言

麦格拉说完，啪的一声盖上了锅盖，她的斥责充满了愤怒之情。【名师点睛：麦格拉对作家的作品进行了有力的痛斥，认为这些低级庸俗的作品比杀人犯、强盗的罪过更大。这篇故事也是作者对自己的鞭策：写作时态度要严谨，思想要纯正。】

Z 知识考点

1.判断题。

（1）女神麦格拉痛斥了作家的罪过。　　　　　　　（　　）

（2）地狱中是根据罪恶的大小来判刑的。　　　　　（　　）

2.问答题。

为什么说作家的罪过比强盗还大？

_____

_____

Y 阅读与思考

1.作家发现自己锅下的火越来越大,他是什么态度？

2.麦格拉细数了作家的哪些罪过？

磨坊主

> **名师导读**
>
> 　　头脑灵活的人一旦发现问题,就会主动地思考并解决问题;愚蠢的人要么束手无策,要么把事情办得更糟。就如本文中的磨坊主,他对自家蓄水堤坝出现渗水的事毫不理会,结果水漏完了,水磨停止转动,生产无法继续,还赔了自己的鸡。

　　磨坊主的蓄水堤坝出现了渗水,

　　只需及时修补漏洞就行,

　　事故并不算严重。

　　可是,磨坊主一点都不担心。

　　水渗得一天比一天凶,

　　水势喷涌,好像从水桶里倒出来的一般。【名师点睛:渗出来的水喷涌得像直接从水桶里倒出来的一样,说明了渗水已经十分严重。】

　　有邻居劝告说:"喂,老板!别大意!

　　到了该管一管的时候啦!"

　　可磨坊主说:"出不了大毛病。

　　我需要的水不是汪洋大海,

　　靠这点水把磨转动,就够我一生吃穿不愁。"【名师点睛:磨坊主表面上不拘小节,实际目光短浅,不知防患于未然的道理。】

　　他躺下身安然入睡。

▶ 克雷洛夫寓言

可是就在这时，
水流好像从双耳大木桶里直往下冲，
于是灾祸终于临头：
磨盘停止转动，
磨坊没法运行。
磨坊主终于清醒，
站在洞口苦思如何才能把水保住。
这时，他发现几只鸡在河边喝水，
<u>磨坊主大声咒骂：</u>
<u>"混账东西！不要脸！</u>
<u>我都已经束手无策了，</u>
<u>你们还要来抢本已不多的水！"</u>【名师点睛：结合时代背景我们不难发现，寓言中的磨坊主影射愚蠢无能的统治者。他们对危机视而不见、不闻不问，却在一些琐事上斤斤计较。】

他抄起一块木头朝鸡砸去，
鸡被砸死了，水也泄没了，
磨坊主落得两手空空。

我时常能看到这样的人，
这则寓言正是赠给他们的。
他们会为一些荒诞不经的小事而疯狂挥霍，
而想到要勤俭持家时又恨不得熄灭所有蜡烛，
还会为此与仆人吵翻天。
虽然这种人表面上看着节俭，
但是他很快会倾家荡产。

知识考点

1.填空题。

磨坊主的蓄水堤坝出现了渗水,他对邻居的_____置之不理。终于,堤坝里的水漏光了,磨盘_____。

2.判断题。

(1)磨坊主的蓄水堤坝渗水本来不严重,是他不以为意,导致蓄水堤坝彻底损坏。（   ）

(2)鸡在河边喝水,被磨坊主用一块砖砸死了。（   ）

3.问答题。

磨坊主代表的是哪一类人?

_____

_____

阅读与思考

1.磨坊主一开始知道堤坝渗水时是什么态度?

2.磨坊主为什么要咒骂喝水的鸡?

197

克雷洛夫寓言

纨绔子弟和燕子

M 名师导读

看不清形势，自作聪明，有时候会带来十分严重的后果。就如本文中的纨绔子弟，他不懂"一只燕子带不来春天"的道理，卖掉身上仅有的皮袍，大受寒冷之苦。

有个纨绔子弟，

继承了大笔遗产，肆意挥霍，

最后只剩一件御寒的皮袍。【名师点睛：开篇交代故事背景，仅剩的一件皮袍作为全篇线索，贯穿全文。】

这也是因为正值冬天，

他害怕户外刺骨的严寒。

不久，纨绔子弟又急着要卖皮袍，

因为他看到了一只燕子。

谁都晓得这一点：

燕子飞来就代表春天到了。

严寒被驱赶至荒凉的北方，

还穿着皮袍干什么？【写作借鉴：心理描写。纨绔子弟看见一只燕子就笃定春天已经来临，迫不及待地想要卖掉自己仅有的皮袍。】

纨绔子弟打着如意算盘，

不过他忘记了一句农谚：

一只燕子带不来春天。【写作借鉴:引用民间农谚,强调真正的春天还没有来到,寒冷的天气还潜伏在即将来临的日子里。】

果真还有料峭春寒,

把地上的雪冻成了冰,

车轮在积雪上吱呀作响,

烟囱里升起笔直的烟;

玻璃窗上,满是寒气凝结成的花纹。

年轻人冷得掉下眼泪,

他又看到了那只燕子,

在温暖日子来临之前,

已被冻僵在雪地里。

纨绔子弟哆嗦地走到燕子跟前,

费力地从牙缝里挤出一句话:

"<u>该死的家伙,你不仅毁了自己,</u>

<u>还害得我提前卖了皮袍,</u>

<u>变得这么糟糕。</u>"【名师点睛:纨绔子弟看不清形势,自作聪明,为此付出惨痛的代价,最后还反过来责怪燕子,说明他是个无知且愚蠢的人。】

Z 知识考点

1.填空题。

纨绔子弟继承了大笔遗产后,开始_____,最后只剩一件_____。

2.判断题。

一只燕子的到来就代表着春天的来临。　　　　(　　)

Y 阅读与思考

纨绔子弟为什么要卖掉仅剩的一件皮袍?

▶ 克雷洛夫寓言

石斑鱼

M 名师导读

骄傲自大的人往往没有好下场。就如本文中的石斑鱼,它几次幸运地抢走鱼饵,就开始讥笑渔夫,炫耀自己的能力。同伴提醒它远离危险,它也毫不在意,还变本加厉地挑战鱼钩,结果丢掉了性命。

虽然我不是一个预言家,
但是当我看到一只飞蛾围着烛火转,
总是能准确地断定:
飞蛾的翅膀马上就会被烧掉。【名师点睛:俗话说"常在河边走,哪有不湿鞋",身处危险环境,就容易发生意外。飞蛾总是围着烛火打转,总有一天,它的翅膀会被烧掉。】

亲爱的朋友,这只是一个比喻,
不论是对年轻人,还是对孩子,
它都是有益的。
你可能会问:这就是整篇寓言的内容?
不,且慢,这不过是一个引子,
真正的寓言还在后面。
我只是把它的道德箴(zhēn)言[劝诫的话]提到了前面。
你疑惑的眼神告诉我:
起初你担心寓言太短,现在又担心它太长。

这该如何是好呢？
亲爱的朋友，耐心一点吧，
我自己也怕说话絮叨，
可又有什么办法呢？
我是人老话多，
就像到了秋季总是下雨，
人到了老年说话就啰唆。【名师点睛：类比恰当、形象，突出人上了年纪话多的特点。】

但是为了使我不忽略问题的要害，
请仔细听我讲，我已经不止一次听到：
人们总是把轻微的过错不当一回事，
总想在过错中原谅自己，
还要说"这有什么好责备的，这不过是淘气"。
然而这种淘气对我们来说是堕落的第一步。
淘气变成了习惯，日后，就发展为欲望，
它以巨大的力量引诱我们犯罪，
一点也不让我们有头脑清醒的时候，
为了使你生动地想象，
自命不凡如何有害，【名师点睛：直白的语言，深刻的道理。使得文章更具有说服力。】

让我来讲个寓言故事供你参考，
希望它对你有所裨(bì)益[益处；使受益]，
它正从我的笔端缓缓流出。

记不清在哪处河岸，
渔夫找了个合适的地点摆好鱼竿。
离河岸不远，

201

克雷洛夫寓言

河水里有一条顽皮的石斑鱼。

它的动作敏捷,

生来就无所畏惧。

它像陀螺似的围着钓钩打转。【写作借鉴:对石斑鱼的性格特点进行了描写,"顽皮""无所畏惧",暗示石斑鱼可能因此遭遇凶险。】

渔夫因为无法钓到它而气得破口大骂。

他耐心等待,希望有收获,

他抛出鱼钩,眼睛紧紧盯着浮漂儿。

突然,他的心怦怦跳,感觉有鱼儿上钩了,

他赶紧拉起钓竿,一看,钩上的鱼饵没有了。

狡猾的石斑鱼似乎在嘲弄渔夫,

它抢走鱼饵,立刻躲开,

竟然让渔夫次次落空。

"听我说,好妹妹,"

另一条石斑鱼对它进行劝解,

"你这样闹很危险!

水域广阔,你怎么总爱围着钓鱼钩打转?

我担心你很快会离开家园。

离鱼钩越近,越接近灾难!

今天你能得逞,谁又能担保明天?"【名师点睛:同伴劝石斑鱼不要玩"火",远离危险。石斑鱼听从了同伴的建议吗?】

但固执者听不进明智之言。

石斑鱼听了说道:"算了吧,

我又不是近视眼,

早就看穿了他们的诡计。

瞧,这儿有一个鱼钩,那儿又有一个鱼钩,

许许多多鱼钩!亲爱的,你看呀,

看我怎样收拾这些狡猾的人！"

石斑鱼像一支箭似的向钓钩冲去。

它从第一个、第二个钓钩上咬走了鱼饵，

却被第三个钓钩钩住了，

唉，它终于遭遇不幸。【名师点睛：石斑鱼多次躲过危险，它是幸运的，但它最终还是没有躲过鱼钩——它又是不幸的。】

此时的石斑鱼明白了，

可惜为时已晚，

一开始就应远离祸患。

Z 知识考点

1.填空题。

河水里有一条顽皮的石斑鱼，它的动作_____，生来就_____，它像陀螺似的_____打转。虽然侥幸躲过几次，最后还是_____。

2.判断题。

(1)作者把"人到了老年说话就啰唆"比作"到了秋季总是下雨"。（　　）

(2)石斑鱼不听劝说，被渔夫钓出水面。（　　）

3.问答题。

从哪里可以看出石斑鱼非常自信？

_____

_____

克雷洛夫寓言

蜘蛛和蜜蜂

M 名师导读

有些人的才能尽管令人惊叹，但如果对社会无益，也一样毫无价值。就如本文中的蜘蛛，它费尽心思织出的东西的确比商人的织物要精细，但正如蜜蜂所说，这些织物既不能穿又无法保暖，又有什么用呢？

依我看，
对世人无益的才干，毫无意义，
即便它偶尔能引起赞叹。

商人向集市运来一些布匹，
这是人人所需要的，所以卖得好极了。
顾客多得应接不暇，店铺里水泄不通，
商人十分满意。【名师点睛：交代事情发生的原因，引出下文。】
看到这批货如此畅销，蜘蛛十分眼红。
它决定自己也织一些布来卖，
它要压倒商人的生意。
蜘蛛打定主意后连夜忙碌，
织出的布匹奇妙无比。
它在小窗口摆好了货物，昂首挺胸，
在小窗口前寸步不离，

<u>它心里盘算着：只等东方发白，</u>

<u>要让所有顾客感到惊讶。</u>【写作借鉴：心理描写，表现出蜘蛛对自己的产品沾沾自喜。】

天亮了，可是怎么样呢？

来了一个小淘气，

扫帚一挥，便把它的所有产品清理得无影无踪。

蜘蛛又生气又懊悔，愤愤不平地说：

"等着瞧，上天一定会惩罚你！

我要请全世界的人评评理，

看我和商人谁的织物更精细？"

蜜蜂听了回答说：

<u>"当然是你的精细，</u>

<u>这一点无可争议。</u>

<u>但你的织物有啥用？</u>

<u>它既不挡风寒，又不能裁衣。"</u>【名师点睛：蜜蜂对于蜘蛛的才能并不吝啬夸奖。蜘蛛的才能尽管令人惊叹，但是对社会无益，也一样毫无价值。呼应了开篇的引子。】

Z 知识考点

1.填空题。

商人把_____运到集市，生意兴隆，_____也想织布盈利。当它织出布后，一个小淘气用_____把蜘蛛的产品清理得无影无踪。

2.判断题。

商人卖布匹赚了很多钱。　　　　　　　　(　　)

3.问答题。

为什么蜘蛛的织物更精细，却没有人买？

▶ 克雷洛夫寓言

狐狸和驴子

M 名师导读

当你身居高位、有权有势时,有的人就会吹捧奉迎你;而当你权势尽失、一无所有时,这些人多半会迫不及待地远离你、侮辱你。就如本文中的驴子,在狮子威风时,它低三下四,趋炎附势;在狮子衰老时,它第一个蹦出来欺侮狮子。

狐狸碰见驴子,问:
"驴兄,你这是从哪里来啊?"
"我从狮子那里来。
我发觉狮子现在没有以前威风了。
从前狮子一吼,森林都在发抖,
吓得我们魂不附体、慌不择路,
现在它衰老了,又弱又瘦,
没有一点儿力气,
瘫在洞里像一段枯树枝。
这时如果有谁再说起狮子,
动物们不再畏惧,
该算账的算账,想报仇的报仇,
不论哪个从它身边走过,
或大打出手,或用牙咬、用角抵……

全称得上是最拿手的方式。"

"难道你也敢报复它？"

狐狸打断了驴子的话。

驴子说："事到如今，还怕什么？

我用脚将它踢了个够，

让它也领教了我蹄子的厉害。"【写作借鉴：通过对驴子的语言描写，将狮子过去和现在的形象、遭遇形成对比，极力表现出驴子一副趋炎附势、欺软怕硬的嘴脸。】

卑鄙的人正是如此：

当你有名望、有力量的时候，

他匍匐在你跟前不敢抬头；

一旦你遭遇不测，

他就会第一个蹦出来欺侮你。【名师点睛：有力地讽刺了那些阿谀奉承、落井下石的小人。】

Z 知识考点

1.填空题。

从前狮子一吼，_____都在发抖；现在狮子衰老了，动物们不再畏惧，大家都对它大打出手，有的_____，有的_____……

2.判断题。

驴子是一个趋炎附势、欺软怕硬的小人。　　　　（　　）

3.问答题。

驴子是怎样形容狮子衰老的样子的？

_____

_____

207

克雷洛夫寓言

苍蝇和蜜蜂

M 名师导读

懒惰的人总想着依赖他人，因为他们没有独立生活的能力，就像寄生虫一样，本文中的苍蝇就是这类人。我们应该像蜜蜂一样，勤劳又努力，做一个有奉献精神的人，不要做人人厌恶的苍蝇。

春天的微风拂过花园，

吹动了一根细草茎。

草茎上停歇着一只苍蝇，

它看见不远处的花朵上有一只蜜蜂。

苍蝇傲慢地说：

"你从早到晚忙碌，

照这样保准累到没命。

你瞧瞧我，

不是跳舞，就是做客，

过着天堂般的生活。"【名师点睛：苍蝇的无所事事与蜜蜂的辛勤采蜜形成鲜明的对比。】

我说话绝不向你吹牛，

连达官贵人都是我的亲朋，

你最好瞧瞧我赴宴的情景！【名师点睛：苍蝇恬不知耻地炫耀自己与达官贵人的上层生活。】

只要举行生日或婚礼的宴会,

我保准抢在客人到来前赶到。

装在细瓷盘中的食物、盛在闪闪发光的水晶杯中的甜蜜美酒,

以及美味的甜品,任我品尝。

我也爱亲吻温柔的女性,

经常落在她们的白脖颈或红脸蛋上。"【名师点睛:苍蝇把自己令人恶心的行为当作好事来炫耀,说明它无耻至极。】

"这我知道!"蜜蜂回答,

"可我听说你走到哪儿都不受欢迎。

酒席上看见你人人皱眉,

你一出现,就会被赶走,

一点面子都不给你。"

苍蝇说:"赶走就赶走!

他们从这个窗口赶我出去,

我从那个窗口再飞回屋里。"【名师点睛:苍蝇不以为耻,反以为荣!借苍蝇的形象来讽刺那些厚颜无耻、无益于社会的人。】

知识考点

1.填空题。

只要举行生日或婚礼的宴会,苍蝇保准抢在客人到来前赶到。它喜欢在＿＿＿＿＿＿和＿＿＿＿＿＿上落脚,也爱亲吻温柔女性的＿＿＿＿和＿＿＿＿。

2.判断题。

苍蝇总想不劳而获,依赖他人生活。　　　　　　　(　　)

3.问答题。

苍蝇是怎样形容蜜蜂的?

209

克雷洛夫寓言

铁锅和瓦罐

M 名师导读

　　个性差异较大的两个人在一起相处久了,容易产生嫌隙。所以,无论是爱情还是友情,最好选择和自己趣味相投、条件相当的人,这样相处才能更长久快乐。

　　<u>瓦罐跟铁锅交情很深,</u>
　　<u>虽然铁锅出身于高贵门庭,</u>
　　<u>可朋友之间出身又有什么关系?</u>
　　<u>铁锅保护瓦罐,</u>
　　<u>瓦罐也发誓不背弃铁锅。</u>【名师点睛:介绍铁锅与瓦罐虽然有着不同的出身,但它们的友谊十分深厚。】
　　它们从早到晚形影不离:
　　谁也不忍心离开对方,
　　不管在不在火炉架上,
　　它们总是亲密地待在一起。
　　一天,铁锅想到世界各地去看看,
　　它邀请瓦罐一起同行,
　　瓦罐欣然地接受了这个建议,
　　这一对幸福的朋友出发了。
　　经过高低不平的石子路,

车子嘎吱地响着，颠簸不停。

道路的坎坷对铁锅，毫无影响，

对瓦罐，却十分不友好，

每一个颠簸都叫瓦罐惊心动魄。【写作借鉴:在相同的环境下，铁锅与瓦罐的"身体"形成了对比，也反映出在生活中一旦出现波折和坎坷，不牢固的感情就容易出现裂痕的道理。】

然而，瓦罐并未想过离开，

想到和铁锅那么亲密，

它的心里十分惬意。

我不晓得它们旅行过什么地方，

但我确切知道它们归来的情形：

铁锅回家时身体健康，精神奕奕，

瓦罐却只剩下碎片。

这则寓言的意思很明显：

在友谊和爱情中，

彼此相称很重要。【名师点睛:结尾言简意赅，点明主旨。】

知识考点

1.填空题。

瓦罐和铁锅结伴外出旅行,回家时,铁锅＿＿＿＿＿＿＿＿＿＿＿＿＿＿＿，瓦罐却＿＿＿＿＿＿＿＿＿＿。

2.判断题。

(1)铁锅和瓦罐是一对死对头。（ ）

(2)瓦罐邀请铁锅周游世界,铁锅欣然地接受了这个建议。（ ）

▶ 克雷洛夫寓言

野山羊

M 名师导读

　　每个人都有欲望，可如果欲望太多，人就会变得贪婪；贪婪的人总是期望比别人拥有更多，这样是不会有好结果的。就如本文中的牧人，他意外得到一群野山羊，就想成为最富有的人，用家羊的饲料喂养野山羊，结果野山羊因不习惯环境全跑了，家羊也全没了……

　　冬天，牧人在山洞里发现了一群野山羊。

　　他激动得流泪感谢上天：

　　"太好了，我的羊群数量马上就要增加一倍了！

　　就是不吃饭，不睡觉，

　　我也要把野山羊喂好，

　　我将成为这一带最富有的人！"【名师点睛：牧人刚有点意外收获，就想着让财富增长，成为最富有的人，表现了牧人的贪心。】

　　常言说得好：

　　地主靠田产，牧人靠羊群；

　　羊群能献出流水似的贡品，

　　积攒黄油奶酪，获取羊皮羊毛。【名师点睛：展现了牧人对以后生活的美好想象。】

　　而得到这些只需要给它们一些饲料。

　　于是，他拿来给家羊准备的饲料，

无微不至地照顾这些野山羊，

一天中要来看望无数遍。【名师点睛：体现牧人对野山羊无微不至的照顾。】

他想尽办法驯服野山羊，

不惜减少给家羊的饲料，

完全不顾它们的温饱。【名师点睛：牧人用拆东墙补西墙的做法驯养野山羊，表现出牧人只顾眼前利益。】

但麻烦来了。

春天刚到，

野山羊全逃回山里去了，

因为离开岩石会使它们感到烦闷，

而牧人的家羊个个瘦骨嶙峋，

最后差不多全死了。

牧人落得一无所有，

不得不挎个布袋出门乞讨。【名师点睛：贪婪的人不会有好结果。】

牧人啊，我要给你几句忠告：

与其为野山羊白白浪费饲料，

不如把它们用在家羊身上！

Z 知识考点

1.填空题。

牧人拿家羊的饲料喂养野山羊,结果野山羊_____。家羊个个_____,牧人不得不_____。

2.判断题。

野山羊之所以要逃回山里去,是因为它们离开岩石后感到烦闷。

(　　)

213

▶ 克雷洛夫寓言

农夫和羊

M 名师导读

　　人一旦变得贪婪，就不会多花工夫去认识不断变化的事物，常常仅凭经验、直觉、预感，在潜意识里歪曲事实。就如本文中的狐狸法官，只听一面之词，不深入了解，最后让无辜的羊丢掉了性命。

农夫到法院状告羊，
指控这个家伙触犯了刑法。
狐狸法官马上开庭，
让原告和被告挨个陈述案情，
要弄清事情的来龙去脉，
以及都有哪些证据。
农夫说："某月某日的清晨，
我发现少了两只鸡，
鸡毛、骨头撒了一地，
而当时只有羊在院子里。"【写作借鉴：场景描写。农夫陈述的证据对羊十分不利，羊的嫌疑最大。】
羊辩解说自己一觉睡到天明，
还叫来了街坊邻居为它做证。
人们都说从未见过羊有偷窃和诈骗的行为，
况且它生来就不吃肉。

现在狐狸宣判了，请听它的判决词：

"法庭对羊提供的证据不予采信，

因为骗子都擅于毁灭证据。

根据察访不难看出，

羊在出事的那天夜里，

一直没有离开过院子。

而鸡肉是鲜美可口的，

时机对羊也相当便利。

我以自己的良心断定，

羊能克制自己不吃鸡，

从情理上也说不过去。"【名师点睛：从判决词可以看出，狐狸法官只凭主观断案，不讲客观事实，颠倒黑白。】

裁决结果：羊被处以绞刑，

羊肉上交法庭，羊皮给了原告。【写作借鉴：细节描写。无辜的羊最终还是被判了死刑，狐狸法官则吃了羊肉。揭示了沙皇专制统治下的法律其实是维护统治者利益的工具。】

知识考点

1.填空题。

街坊邻居为羊提供的证据是：＿＿＿＿＿＿＿＿＿＿、＿＿＿＿＿＿＿＿＿＿＿＿＿＿＿＿＿＿＿。

2.判断题。

狐狸法官做出的判决词是严谨的、公正的。　　　　（　　）

3.问答题。

农夫指控羊的理由是什么？

＿＿＿＿＿＿＿＿＿＿＿＿＿＿＿＿＿＿＿＿＿＿＿＿＿＿＿＿＿＿＿＿＿＿＿

＿＿＿＿＿＿＿＿＿＿＿＿＿＿＿＿＿＿＿＿＿＿＿＿＿＿＿＿＿＿＿＿＿＿＿

215

▶ 克雷洛夫寓言

猫和椋鸟

M 名师导读

不要去伤害和算计别人，一旦被戳穿，难堪的就是自己，还有可能会使自己受到伤害。就如本文中的椋鸟，它唆使小猫干坏事，没想到激发了小猫的兽性，自己也葬身猫腹。

有户人家养了一只椋(liáng)鸟，
虽然它唱歌不好听，但擅长哲学。
它与一只中等个头的猫很要好。
这只猫是一位伪君子，总是沉默寡言。【名师点睛：开篇介绍主人公的形象、性格特点，便于读者理解。】
有一天，主人没有给猫喂食，
可怜的猫饥肠辘辘：
它饿得团团转，"喵喵"直叫，尾巴也摇个不停。
于是，哲学家开导这只猫说：
"你真是个傻瓜。
你眼前的笼子里就有一只金翅雀，
而你却甘愿挨饿。
看来，你真是一只没长大的猫崽子。"
"可是良知……"猫小声说。
"你的见识太少！

依我看，良知不过是胡说八道，

那是脆弱者的借口，

在明智的伟人看来，纯属笑料！

谁强大，谁就可以为所欲为，

这种例子，到处都是。"【名师点睛：椋鸟列举事例，教唆小猫行凶作恶，猫会按它的话做吗？】

哲学家引经据典来证明自己的理论，

并把它讲得十分透彻。

猫正饿得难受，听到后非常开心，

就把金翅雀抓出来，一口吞下肚去。

它感觉还没吃饱，

又听到椋鸟开口讲道理。

于是，它对椋鸟说：

"多谢指教！你真是让我茅塞顿开。"

说完，它打开鸟笼，

一口吃掉了自己的导师。【名师点睛："害人终害己"，这句话送给椋鸟再合适不过，帮凶一旦失去利用价值，往往也会成为牺牲品。】

Z 知识考点

1.填空题。

有一天,猫饥肠辘辘,椋鸟唆使它吃掉了_____。当椋鸟又给猫讲道理时,猫兽性大发,将_____一口吞下肚去。

2.判断题。

（1）椋鸟是鸟类中的歌唱家。　　　　　　　　　（　　）

（2）猫抛弃了自己的良知,吃掉了金翅雀。　　　（　　）

Y 阅读与思考

椋鸟认为良知是什么？

> 克雷洛夫寓言

杂毛羊

M 名师导读

坏人总想掩盖自己的恶行,把责任推到别人的身上。就如本文中虚荣的狮子,它大权在握,本可以轻松杀死杂毛羊,但为了不损害自己的名誉,它先编造好理由,再借一帮野兽之手处死了杂毛羊。狮子是多么的居心叵测啊!

狮王十分讨厌杂毛羊,
消灭它们原本不费力气,
可是那种做法有违公论。
要知道,作为森林之王,
狮子并不能随意杀掉自己的子民。
<u>但狮子一刻也忍受不了杂毛羊。</u>
<u>怎么才能既摆脱它们,又不损害自己的名声呢?</u>【名师点睛:狮王作为森林之王,当然享有生杀予夺的权力,但是它不想背负残忍嗜杀的骂名,这表现出它伪善的一面。】
它秘密会见了熊和狐狸,
把自己的心思告诉它俩:
说每次看见杂毛羊,
它的眼睛就疼得难受,
它可能因此失去视力,

但不知如何消除这个隐患。

熊粗声粗气地说：

"尊敬的狮王！

只要您一声令下，

我们就去办了它们，

根本没人敢反对！"【名师点睛：熊的观点简单粗暴，就是一个"杀"字。熊代表着镇压革命者的军阀，信奉的是铁血政策。】

狮王面色阴沉，显得很不高兴，

狐狸见状，马上谦恭地说：

"啊！我们仁慈善良的大王！

您禁止追捕这些可怜的杂毛羊，

不让无辜者的鲜血流淌。

所以我大胆地提出一个建议——

您可以下令为杂毛羊另辟草场。

母羊在那里有丰盛的饲料，

羔羊在那里可以奔跑跳跃，

只不过它们缺少一位牧人，

您不妨派狼去看管它们，

杂毛羊就会慢慢消失，

当然，这只是我猜想的。

如此可让杂毛羊对您感恩戴德，

而不论发生什么意外，

都牵涉不到大王。"【名师点睛：狐狸的建议既能维护统治者伪善的名声，又达到了清除异己的目的。"借刀杀人"这样的把戏，也只有深谙权谋的狐狸才能想出来，这非常符合狐狸狡猾的本性。】

狮子采纳了狐狸的建议，

计划顺利地实行。

克雷洛夫寓言

最后，不仅杂毛羊没有了，

连纯毛羊也减少了很多。

对此，百兽们如何议论？

它们都说：仁慈的狮子，凶恶的狼。【名师点睛：百兽们象征愚蠢的大众。最高统治者成功转移了矛盾，大众被欺骗了，这正是统治者最希望看见的局面。】

知识考点

1.填空题。

为了解决狮子的心病，熊建议狮子＿＿＿＿＿＿＿＿＿，狐狸建议狮子＿＿＿＿＿＿＿＿＿＿＿，再派狼去牧羊。狮子听从了＿＿＿＿的建议，终于使杂毛羊销声匿迹。

2.判断题。

（1）狮子采纳了熊的建议。　　　　　　　　　　（　　）

（2）直接对杂毛羊下毒手的是狼。　　　　　　　（　　）

3.问答题。

狮子采纳了狐狸的建议后，结果怎样？

_____

_____

阅读与思考

1.狮子为了消灭杂毛羊，编造了什么理由？

2.你认为这个故事中谁最坏？

驴子和它的铃铛

M 名师导读

有些人在人微言轻的时候，对自己遭受的一切都会默默承受；可当他地位提高时，就容易变得自高自大。殊不知，这些名利到头来只不过是一场空。就如本文中的驴子，主人给它挂上铃铛，它以此为荣，没想到惹祸上身，最终变得更加狼狈。

  一个农夫养了一头驴子，

  这头驴子把一切工作都做得很好。

  农夫找不到合适的话来赞美它。【名师点睛：驴子工作认真负责，"找不到合适的话来赞美它"进一步强调了驴子的完美形象。】

  因为害怕它在树林里走失，

  主人在驴子的脖子上挂了个铃铛。【名师点睛：此处解释了给驴子挂铃铛的原因。】

  驴子因此神气十足，得意扬扬！

  它想象自己成了贵族，

  没料到这头衔使它连遭祸殃。

  其实，驴子的声誉以前没那么高，

  在挂上铃铛之前，也没有什么怨言。

  它糟蹋过燕麦地、黑麦地和菜园，

  吃饱后就悄悄地溜了。【名师点睛：没有束缚的驴子是自由的。】

克雷洛夫寓言

可现在跟从前大不相同：

它无论走到哪里，

脖子上的铃铛都叮当作响。

<u>人们挥动手中的棍棒，</u>

<u>将它赶出麦田和菜畦。</u>

<u>街坊听见铃铛声，</u>

<u>也会拿出棍子驱赶。</u>

因此，我们可怜的大名人，

<u>不到秋天就只剩下一身皮包骨。</u>【写作借鉴：说驴子是"大名人"，运用了讽刺的手法。驴子被追打，都是铃铛惹的祸，到头来丑态毕露。】

在官场中，骗子也有这种麻烦：

当他们官职卑微时，

还不易被人发现；

<u>当他们升官之后，</u>

官衔像驴子的铃铛，

声音响亮，而且传得老远。【名师点睛：无赖之人就像这头驴子，就算飞黄腾达，所得也有可能成为精神负担，到头来还是一场空。】

Z 知识考点

1.填空题。

主人给驴子挂上了铃铛，因此它变得_____，得意扬扬！可它无论走到哪里，脖子上的铃铛都_____。

2.判断题。

铃铛挂在驴子的脖子上成了负担，让它经常挨打。　　　（　　）

Y 阅读与思考

农夫为什么要给驴子挂上铃铛？

《克雷洛夫寓言》读后感

小时候的我，听信了童话的"花言巧语"，相信世界永远是真、善、美的，而假、恶、丑的黑暗永远被光明"灼伤"；以为只要学会"魔法"就可以当上拯救世界的"勇士"；只要不贪吃女巫的糖果就不会变成雕像；只要善待他人，就能得到人们的赞扬，得到仙女的庇护……

可是长大后，我发现"社会"变了：变得冷酷、唯利是图，变得爱慕虚荣、以多欺少、以强凌弱……

就像《兽类的瘟疫》中，最老实的犍牛竟被认为是最有过错的祸首。试想一下，身为猛兽的狮子、老虎，罪过一点也不比犍牛的少。可谁叫犍牛憨厚老实呢？强权者自私自利，虽然嘴上说得冠冕堂皇，自己的利益却一点也不会损失。

还如《狼和小羊》，描写了强权者的专横无理，揭露了在强者面前弱者永远有罪的强盗逻辑。

强权者善于拉帮结派，可谓心机重重，所以人们也常常这样说：谁最老实，谁就有罪过。但我很快又发现，"社会"这个阴晴不定的家伙，它就好比一只变色龙，不断地变幻着色彩，让我看到它充满友情的一面、奉献的一面、关怀的一面……

比如《两只鸽子》中的一只鸽子，它要去遨游世界，一路上遭遇诸多痛苦与不幸，但是当它回到家园，友情依然在那里等着它。这则寓言用在我们人类身上同样受益终身：我们总是以为外面的世界很精彩，自己的世界很无奈，一心想出去闯荡，但却忘了外面的世界存在危险。其实，世界上最美好的地方就是有亲人、有朋友的家园。记住，不要匆匆忙忙就启程远航，无论你的想象是多么奇幻，都没有地方能胜过你自己的家园！

▶ 克雷洛夫寓言

虽然我们在成长，但社会也在变化，我们要尽快赶上它的脚步，否则，就会被它淘汰。在这关键时刻，不妨找出《克雷洛夫寓言》读一读，它可以帮你了解社会的变化规律，探索人性的本质。

参考答案

乌鸦和狐狸

知识考点

1.美丽 俊俏 顺滑 灵巧 婉转动听
2.(1)× (2)×
3.因为狐狸想要得到乌鸦嘴里的那块奶酪。

小匣子

知识考点

1.摁一下钉子 拽一下把手
2.(1)× (2)√
3.骄傲自满,自以为是。

狼和小羊

知识考点

1.蛮横无理 彬彬有礼
2.(1)× (2)√
3.因为狼要找借口吃掉小羊。

鹰和鸡

知识考点

1.羡慕它们 低三下四
2.(1)√ (2)√
3.表达了母鸡对鹰的羡慕和忌妒之情。

兽类的瘟疫

知识考点

1.狮子 犍牛
2.(1)× (2)×
3.因为众野兽阿谀奉承,善于诡辩,而犍牛老实本分,遭到诬陷,成为牺牲者。

狗的友谊

知识考点

1.友谊 一根骨头
2.(1)√ (2)×
3.不会,在利益面前它们随时会互相撕咬。

狐狸和土拨鼠

知识考点

1.法官 沾满鸡毛
2.(1)× (2)√

路人和狗

知识考点

1.走自己的路 停住
2.(1)√ (2)√
3.因为另一个路人说,如果砸狗,只会使狗叫得更嚣张,应该只管走自己的路,狗会自动停止吠叫。

蜻蜓和蚂蚁

知识考点

1.歌唱 饥寒交迫 饥肠辘辘
2.(1)√ (2)×
3.蜻蜓整个夏天都在尽情嬉戏、歌唱。

225

克雷洛夫寓言

撒谎者

知识考点

1.穿皮袄 点蜡烛 五月艳阳天

2.(1)× (2)√

3.为啥我们非要上桥,找个水浅的地方蹚过去吧。

兔子打猎

知识考点

1.兔子 熊耳朵

2.(1)× (2)×

3.兔子说是它将熊从树林中撵进了野兽们的狩猎圈。

梭鱼和猫

知识考点

1.奄奄一息 尾巴

2.(1)× (2)√

3.梭鱼直挺挺地躺在地上,奄奄一息,尾巴被老鼠咬掉了。

狼和杜鹃

知识考点

1.羔羊 牛奶 黄金时代

2.(1)× (2)×

3.这是对狼莫大的讽刺,表明狼的坏脾气是改不了的,对人类有危害的就是那口尖牙,狼走到哪里都不会受欢迎的。

大象当政

知识考点

1.灵光 心肠很软

2.(1)√ (2)√

3.狼要剥绵羊的皮,为此,绵羊要讨一份公道。

主人和老鼠

知识考点

1.猫警察署 鞭打 老鼠吃光了

2.(1)√ (2)√

3.因为猫跟我们人类一样,也有私心,也难免会犯错误。

老狼和小狼

知识考点

1.比他差 机灵

2.(1)√ (2)×

3.因为那个羊群的牧人很聪明,如果牧人聪明猎狗一定不会差,它们如果去了就是送死。

猴子干活

知识考点

1.劳动 夸奖 气喘吁吁

2.(1)√ (2)×

3.因为猴子想听到别人的夸奖。

袋子

知识考点

1.蹭鞋底的泥沙 金币

2.√

3.渐渐变得骄傲自大,目空一切,自作聪明,它开始滔滔不绝地胡说八道,不论对什么都要议论一通。

猫和厨师

知识考点

1.烧鸡 学习的榜样 厨房和院子

2.(1)√ （2）√

3.猫不为所动,一边听一边啃烧鸡。

狮子和蚊子

知识考点

1.恼怒　怨气

2.(1)√　（2）×

3.蚊子先在狮子脑后、眼前、耳旁吹响了号角！看准时机,对着狮子的臀部扎毒刺,时而叮咬它的脑袋,时而钻进它的鼻子,时而叮咬它的耳朵。结果狮子耗尽了力气,不得不向蚊子求和。

菜农和学问家

知识考点

1.果实累累　赚了不少钱　没种出一根黄瓜

2.(1)×　（2）√

3.勤劳的双手和熟练的技巧,这就是菜农所知道的科学。

农夫和狐狸

知识考点

1.看守鸡窝　快活　诚实

2.(1)×　（2）√

3.因为不是偷来的东西它吃着觉得不香。

一位老人和三个年轻人

知识考点

1.海难　恶习　疏忽生活细节

2.(1)√　（2）√

3.因为他在热天吃了太多冷的食物,病倒后医生也没能治愈他。

小树

知识考点

1.炙烤　迅速蒸发　浑身是伤

2.(1)√　（2）√

3.它会长成参天大树,强壮、坚固,即使是狂风暴雨也顶得住。

鹅

知识考点

1.有着高贵的血统　罗马　进烤箱

2.(1)√　（2）√

3.因为它们觉得自己的祖先曾经挽救过罗马,是英雄,而它们是英雄的后代,血统高贵。

猪

知识考点

1.来回闲逛　滚得脏兮兮　泡了好一阵子

2.(1)×　（2）×

3.它在马厩和厨房周围来回闲逛,它在垃圾和粪堆里滚得脏兮兮,又到污水坑里泡了好一阵子。

鹰和鼹鼠

知识考点

1.橡树　生儿育女　橡树的根已经腐

227

朽,也许很快就会倒掉

2.(1)× (2)×

3.最接近事物本身的人,最能了解事物本质,最有发言权。

四重奏

知识考点

1.熊

2.(1)× (2)×

3.要当一个音乐家,需要娴熟的技巧和灵敏的耳朵。

树叶和树根

知识考点

1.高傲自大 温柔谦和

2.(1)× (2)√

3.树根向树叶输送养分,使树叶茂盛生长。

风筝

知识考点

1.受制于绳子 自由

2.(1)√ (2)×

3.依靠他人而获得成功是不值得炫耀的,因为在他人眼里这不值一提。

天鹅、梭鱼和大虾

知识考点

1.云里钻 往后退 往水里蹿

2.(1)× (2)√

3.因为它们朝着三个不同的方向用力拉,所以车不往前挪。

特利施卡的外套

知识考点

1.袖肘的窟窿 下摆

2.×

3.批判了特利施卡自作聪明、自以为是的性格。

隐士和熊

知识考点

1.睡着了 驱赶苍蝇

2.(1)√ (2)×

3.隐士在睡觉,一只苍蝇一会儿落在隐士的鼻子上,一会儿落在隐士的脸颊上,一会儿落在隐士的额头上。熊为了驱赶苍蝇,用石头去砸苍蝇,却将隐士砸死了。

马儿和骑手

知识考点

1.放纵自己 粉身碎骨

2.(1)√ (2)√

3.骑手认为自己的马儿足够优秀,用言语就可以驾驭马儿,马儿不应该受到缰绳的束缚。

杰米扬的鱼汤

知识考点

1.帽子 逃命似的

2.(1)√ (2)√

3.汤色简直像琥珀一样闪亮。

蚊子和牧人

知识考点

1.猎狗 毒蛇 蚊子

2.(1)× (2)√

3.蚊子为了救熟睡中的牧人,不让他被毒蛇袭击,就叮咬了牧人,好让他从睡梦中醒来。

命运女神和乞丐

知识考点

1.财宝尽失 彻底破产

2.(1)× (2)√

3.乞丐高兴得几乎无法呼吸,他按捺不住激动的心情。

青蛙和宙斯

知识考点

1.泥沼里 山坳里

2.(1)√ (2)×

3.因为青蛙住的山坳里一到夏天,就变得特别干旱,而青蛙的生活需要水源,所以它想要一场洪水。

狐狸建筑师

知识考点

1.狐狸 给自己留下了一个可以轻松出入的洞口

2.×

布谷鸟和斑鸠

知识考点

1.悲伤地鸣叫 布谷鸟的子女不认它

2.(1)× (2)×

3.布谷鸟觉得自己的孩子们不认自己,也感受不到孩子们对自己的爱。

猎人

知识考点

1.一个小时 野鸭

2.(1)× (2)×

3.野鸭听见声响,感觉到了危险。

蜜蜂和苍蝇

知识考点

1.遭到驱赶 玻璃罩 蜘蛛网

2.×

3.一是鹦鹉曾极力夸赞过那些地方的美好景象;二是苍蝇觉得在自己祖国很窝囊。

网中的熊

知识考点

1.猎枪 猎狗 长矛

2.√

3.这个故事告诉我们,对坏人的花言巧语,要善于分辨,切不可耳软心活,上当受骗。

狐狸和葡萄

知识考点

1.果园 绿宝石 又酸又涩

2.(1)× (2)×

3.因为葡萄挂得实在是太高了。

勤劳的熊

知识考点

1.熊 耐心

229

克雷洛夫寓言

2.(1)× (2)√

3.要点：做车辄要慢慢地把树木弄弯才行；窍门：要有耐心。

夜莺

知识考点

1.鸟笼 唱歌

2.×

3.因为夜莺能唱出悦耳动听的歌声。

两只狗

知识考点

1.老相识 温暖豪华的住处 墙角

2.(1)√ (2)√

3.巴尔博斯耷拉着尾巴，很失落。

猫和夜莺

知识考点

1.缩成一团 吃掉了夜莺

2.(1)× (2)√

3.人们到处赞扬你的歌声，说你是一流的音乐家；你的歌声清脆、甜美，令所有人陶醉。

跳舞的鱼

知识考点

1.生气 惊慌

2.(1)√ (2)√

3.面临死亡，鱼儿们都在拼命挣扎。

帕尔纳斯山

知识考点

1.吃饱喝足 悠然自在

2.(1)√ (2)√

3.山上郁郁葱葱，到处弥漫着沁人心脾的芳香。

驴子

知识考点

1.松鼠一般小 庞大的身躯 野蛮的吼叫

2.(1)× (2)√

3.驴子经常说："如果我能像牛犊一般高，我就能灭掉狮子、雪豹的威风，让整个动物界知道我的存在！"

两只鸽子

知识考点

1.网中 鹞鹰 篱笆旁边

2.(1)√ (2)√

老鼠会议

知识考点

1.夜里 面粉箱 尾巴比身体长

2.老鼠们想要宣扬自己的名声，让人们知道自己不再害怕猫。

狮子和雪豹

知识考点

1.争夺地盘 猫 狐狸

2.(1)× (2)√

3.因为狮子认为凡是敌人夸赞的人物，绝对不能依靠。

分利钱

知识考点

1.抢救货物和店铺 先给足他一千块

得补给他两千块

2.(1)√ （2)×

3.身居险境要同舟共济,大局面前要团结一致。

驴子和夜莺

知识考点

1.高亢　低吟　远方满含忧愁的

2.(1)√ （2)×

3.夜莺什么话也没有说,只是拍着翅膀朝远方飞去。

倒霉的农夫

知识考点

1.亲朋好友　街坊四邻　提出建议　实际的帮助

2.农夫痛苦又伤心,请来了亲朋好友和街坊四邻,希望他们帮帮自己。

苍蝇和路人

知识考点

1.挺身而出　团团转　嗡嗡叫　累得够呛

2.(1)× （2)×

3.几个仆人跟在车后胡诌乱扯,家庭教师陪太太在窃窃私语,老爷竟然和女仆们到松林里去采晚餐吃的蘑菇。

狼和狐狸

知识考点

1.鸡肉　干草　只字不提

2.(1)× （2)×

3.因为狼跑了一圈连块骨头都找不到,狗凶得要命,牧人也不打盹儿,它很难找到对猎物下手的机会。

机械师

知识考点

1.机械师　房子离小河有点远　(稀里哗啦)散了架

2.(1)× （2)√

3.古老、结实、舒适,而且设计也很别致。

花

知识考点

1.失去了昔日的美丽　更加芬芳、清新和柔软

2.(1)× （2)√

农夫和蛇

知识考点

1.不知报恩　连自己的孩子也吞

2.√

3.农夫一旦开了这个先例,就会招来成群的毒蛇,这将给他的孩子们带来灾祸。

农夫和强盗

知识考点

1.一头奶牛　一个挤奶桶　一片茂密的树林

2.(1)× （2)×

3.因为挤奶桶对强盗毫无用处。

231

克雷洛夫寓言

狮子捕猎

知识考点

1.狼 狐狸 狮子

2.(1)× (2)√

3.一起捕猎,并且平分猎物。

好心的狐狸

知识考点

1.云雀 母鸽 燕子 夜莺

2.(1)√ (2)√

3.因为知更鸟的妈妈被猎人打死了。

狮子和狼

知识考点

1.羊羔 没有理睬小狗 年幼无知

2.(1)× (2)√

3.狮子的性格似乎很温顺,它肯定并不怎么厉害。

蜘蛛和风湿病

知识考点

1.冥王 蜘蛛 风湿病

2.(1)× (2)√

3.因为兄妹俩已经长大,到了自立门户的年纪;冥王养育没有工作的子女也并不轻松。

诬陷

知识考点

1.不给触犯教规的人留情面 谨小慎微

2.(1)√ (2)×

3.我自己也不知道怎么会受到这种诱惑;这都是该死的魔鬼唆使我的结果!

阿尔喀得斯

知识考点

1 纷争 渺小 越膨胀 自讨没趣

2.×

3.阿尔喀得斯先用脚踩了它一下,不料那东西膨胀了一倍。他又接连击打它,那东西越打越大,最后变得硕大无比,令人恐惧:挡住了阳光,遮蔽了视线。

蚂蚁

知识考点

1.两颗硕大的麦粒 蠕虫 蛆 蜘蛛

2.(1)√ (2)×

3.蚂蚁原本以为市场上的人们会关注它,但实际上没有人注意它,人们都在各忙各的。它又衔起一片树叶,奋力地表演,但还是没有一个人注意它。

麦穗

知识考点

1.温室中培养 风雨的洗礼

2.(1)√ (2)√

3.主人为麦穗开垦荒地,辛勤施肥,清除杂草,忙个没完没了。

作家和强盗

知识考点

1.(1)√ (2)√

2.强盗虽然凶残,但他对社会的危害只在生前;作家作品里的"毒素"却世代流传,危害一代又一代人。

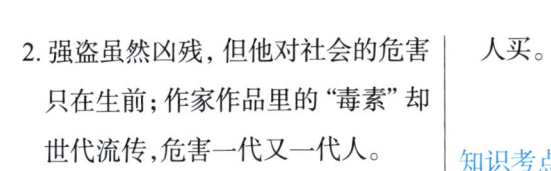

磨坊主

知识考点

1.劝告 停止转动

2.(1)√ (2)×

3.代表愚蠢无能的上层统治者,他们对危机视而不见、充耳不闻,却在一些琐事上斤斤计较。

纨绔子弟和燕子

知识考点

1.肆意挥霍 御寒的皮袍

2.×

石斑鱼

知识考点

1.敏捷 无所畏惧 围着钓钩 遭遇不幸

2.(1)√ (2)√

3.石斑鱼像陀螺似的围着钓钩打转;抢走鱼饵,立刻躲开;吃鱼饵时像一支箭似的向钓钩冲去。

蜘蛛和蜜蜂

知识考点

1.布匹 蜘蛛 扫帚

2.√

3.蜘蛛的织物既不能抵挡风寒,也不能裁衣,对人们毫无用处,所以没有人买。

狐狸和驴子

知识考点

1.森林 用牙咬 用角抵

2.√

3.又弱又瘦,没有一点力气,瘫在洞里像一段枯树枝。

苍蝇和蜜蜂

知识考点

1.食物 美酒 脖颈 脸蛋

2.√

3.你从早到晚忙碌,照这样保准累到没命。

铁锅和瓦罐

知识考点

1.身体健康,精神奕奕 只剩下碎片

2.(1)× (2)×

野山羊

知识考点

1.全逃回山里去了 瘦骨嶙峋 出门乞讨

2.√

农夫和羊

知识考点

1.从未见过羊有偷窃和诈骗的行为 羊生来就不吃肉

233

克雷洛夫寓言

2.×

3.①农夫少了两只鸡;②鸡毛、骨头撒了一地;③当时只有羊在院子里。

猫和椋鸟

知识考点

1.金翅雀　椋鸟

2.(1)×　(2)√

杂毛羊

知识考点

1.下令杀了杂毛羊　为杂毛羊开辟草场　狐狸

2.(1)×　(2)√

3.不仅杂毛羊没有了,连纯毛羊也减少了很多。

驴子和它的铃铛

知识考点

1.神气十足　叮当作响

2.√